— 書き下ろし長編官能小説 —

とろみつ町中華

河里一伸

竹書房ラブロマン文庫

目次

この作品は、竹書房ラブロマン文庫のために
書き下ろされたものです。

プロローグ

「……うん、これだ。叔父さんのラーメンスープの味、やっと再現できたぞ」

二月下旬、中華食堂「浩々飯店《こうこうはんてん》」の厨房で、業務用寸胴鍋《ずんどうなべ》にずっと向かっていた北《きた》野奏太《のそうた》は、鍋の中のラーメンスープを味見皿で一口味わって、そう独りごちていた。

自分の舌の記憶が正しければ、試行錯誤の末に作り上げたこれは、今は亡き十七歳上の叔父・北野浩平《こうへい》の味そのもののはずである。

「奏太くん、できたの？」

と、心配そうに声をかけてきたのは、浩平の妻の北野早紀《さき》だ。

彼女は、セミロングの髪に穏やかそうな美貌の持ち主で、今は長袖のシャツにジーンズのズボンというラフな格好をしている。

立場的には、「義理の叔母」と「義甥《ぎせい》」という関係だが、二十歳の奏太と十歳しか年齢が違わないこともあり、「少し年の離れた義姉弟」という感覚のほうが近い。

「うん。僕としては、これで大丈夫だと思うんですけど……とにかく、味見してみてください」

奏太がそう応じ、新しい味見皿にスープを入れて差し出すと、早紀はやや緊張した面持《おもも》ちでそれを受け取った。

(僕は完璧だと思っているけど、もしかしたら早紀さんからダメ出しを食らうかもしれないからな)

味見皿を口に持っていく若き義叔母《ぎしゅくぼ》の姿を見ながら、そんな一抹《いちまつ》の不安が奏太の脳裏をよぎる。

浩平は数軒の中華料理店で修業を重ね、七年ほど前の三十歳のとき、奏太の実家から二駅離れた東北M県N市で、経営者が高齢で店を畳んだ住居を兼ねたラーメン屋の空き物件を見つけた。そして、そこを改装して「浩々飯店」を開店した。

店構えや内装に昭和の雰囲気を残し、庶民的な価格で美味《おい》しい料理を提供する浩平の店は近所でもなかなかの評判で、オープンから七年の間に常連客をかなり獲得していたそうである。

また、彼は開店当時からアルバイトとして働いていた早紀と四年前に結婚し、夫婦二人三脚で頑張っていた。

浩平が作る中華料理が大好きだった奏太は、彼のような町中華の料理人を志し、高校を卒業後に二年制の調理師専門学校に入った。さらに、叔父の「ウチで学ぶだけじゃなく、色んな店で勉強するべき」というアドバイスに従い、中華料理店などでアルバイトをしながら料理の腕を磨いてきたのである。

ところが、専門学校の卒業後に修業させてもらう約束をした矢先の昨年十一月半ば、浩平は急性心不全で倒れて帰らぬ人となってしまった。

それでも奏太は、「修業はできなくなったけど、叔父さんの店を守りたい」と「浩々飯店」で働くことを、早紀に申し出た。

もちろん、今はまだ卒業前で調理師免許がなく、当然、食品衛生責任者でもないので、すぐには店は開けられなかった。

そもそも、「浩々飯店」の客が求めるのは浩平の味だろうから、この暖簾《のれん》を掲げて奏太が自分の味で料理を作るわけにはいくまい。

ただ、不幸中の幸いと言うべきか、叔父は自分用と、修業に来る甥のためにレシピノートを残していたのである。もっとも、浩平の自分用ノートはおそらく作りながらメモしていたのか、文字が乱雑すぎて大して役に立たなかったのだが。

一方の奏太用のレシピノートも、すべての調理手順が分かるようなものではなく、浩平が自ら教えるつもりだったであろう部分が多々あった。それでも、主な料理に使う材料はもちろん、隠し味に使用するものなど、店の味の決め手になるかなり重要な内容がしっかり書かれていた。

中でも、ラーメンスープに使う材料が細かく記載されていたのは、叔父の味を再現する大きな助けになる。

ラーメンスープは、町中華において料理の味のベースとしても使われることがよくある。つまり、店の味を決定づけると言っても過言ではなく、「町中華の命」と言う人もいるくらい重要なものなのだ。

実際、浩平もさまざまな料理でラーメンスープを使用していた。つまり、彼のスープの味を再現することが、「浩々飯店」を再開する上での絶対条件なのである。

そうして奏太は、一月に専門学校の卒業を確定させたあと、時間を見つけては「浩々飯店」の厨房を借りて、スープの再現に取り組みだしたのだった。

しかし、同じ材料を使っても、入れる順番や火加減や煮出す時間でスープの味は大きく変わる。しかも、少量の試作では上手くできても寸胴鍋で作ると味が違ってしまうなど、この一ヶ月あまりは試行錯誤と悪戦苦闘の連続だった。

その成果がこれから試されるのだから、緊張するなと言うほうが無理だろう。

早紀が、味見皿からラーメンスープを口に含《ふく》む。そして、目を閉じてじっくりと味わう様子を見せる。

奏太が息を呑んで見守っていると、やがて義叔母がスープを喉《のど》に流し込んでゆっくりと目を開けた。

「……すごい。奏太くん、これは浩平さんのラーメンスープの味そのものだわ」

感極まったように目を潤《うる》ませながら、彼女がそう口にする。

「ふぅ、よかったぁ。ひとまず、最大の難関は越えられた感じかな？」

と、奏太は胸を撫で下ろしていた。

浩平の妻のお墨付きが得られたのであれば、ラーメンスープの再現は成功した、と判断して問題ないだろう。

「本当にありがとう、奏太くん！」

こちらがホッと胸を撫で下ろした矢先、いきなりそう言って早紀が抱きついてきた。

「わっ。さ、早紀さん!?」

若き義叔母の体温と匂いを間近で感じて、奏太は困惑しながらも胸が高鳴るのを抑《おさ》えられずにいた。

実は、早紀が「浩々飯店」で接客のアルバイトをしていた頃から、奏太はずっと彼女に心惹《ひ》かれていたのである。もっとも、七年前と言えばまだ中学生だったので、十歳上の女性に告白できるはずもなく、そうこうしているうちに彼女は浩平と相思相愛になって結婚してしまったのだが。

ただ、失恋したとはいえ思慕の念を抱いていた相手が親戚になって、しかも「浩々飯店」での接客を続けてくれたのは嬉しくもあった。

浩平の生前、奏太は両親と一緒のときはもちろん、一人でもここにちょくちょく顔を出していた。それは、叔父の料理の味を舌にしっかり刻む目的もあったが、早紀の存在も非常に大きかったのである。また、「浩々飯店」を再開しようと思ったのも、故人の味を受け継ぐのはもちろんだが、憧れの女性を少しでも喜ばせたいという気持ちがあったのも、紛《まぎ》れもない事実だった。

ちなみに、奏太が「おばさん」ではなく「早紀さん」と呼んでいるのは、彼女からの申し出だった。

浩平と結婚した時点で二十六歳だった早紀は、十歳しか違わない義甥から「おばさん」呼びされるのを嫌がったのである。ただ、好意を寄せていた人を遠慮なく名前で呼べることに、こちらも嬉しさがあったのは間違いない。

そんな相手に、不意打ちで抱きしめられたのだから、動揺しないほうが難しいのではないだろうか？

「あ、あの、早紀さん？」

改めて、我ながら引きつった声をあげると、彼女もようやく我に返ったらしくすぐに身体を離した。

そうして、その体温や匂いが失われたことに、今度は安堵と無念さが入り混じった思いを抱かずにはいられない。

「ああ、ごめんなさい。もう味わえないかと思った浩平さんのラーメンスープの味に、感極まっちゃって」

目にうっすら浮かんだ涙を拭《ぬぐ》いながら、早紀がそう言い訳めいたことを口にして笑顔を見せた。

ここまで感動してくれると、頑張った甲斐があった気がする。

「えっと……とりあえず、これで味のベースはできたから、あとはラーメン以外の料理ですね。さすがに、いきなり叔父さんと同じ種類を作るのは無理だし、まずは品数を絞るべきだろうなぁ」

どうにか気持ちを切り替えようと、奏太はいささか強引に話題を変えた。

何しろ、浩平亡き今、「浩々飯店」の厨房は自分一人で切り盛りしなくてはならないのである。アルバイトで中華料理店の厨房に入った経験があるとはいえ、まだ叔父と同じ手際で料理を作れるはずがない。無理をすれば、すぐにどこかで破綻してしまうのは自明の理だ。

そうならないためには、作業手順を身体でしっかり覚えてから少しずつ品数を増やしていく、というのがベストな方法だろう。

「そうねぇ。ラーメンは当然として……餃子、麻婆豆腐、炒飯は鉄板だったし、レバニラとか肉野菜炒めもお酒のつまみによく出たわ。それに、焼売と小籠包も人気だったから外したくないかしら？」

思い出すようにしながら、早紀も提案を口にした。

「そこらへんは、確かに定番ですよね。とりあえず、今は試しにラーメンと……肉野菜炒めを作ってみましょうか？　これは住居のほうにある材料でできるし、叔父さんはラーメンスープを使っていたはずだから」

「そうね。あっ。それに、もうそろそろ亜沙子《あさこ》さんが来る頃だから、肉野菜炒めはちょうどいいかも？」

「亜沙子さんって……ああ、早紀さんと仲がいいっていう、常連の中学校の先生でしたっけ？　確か、内藤《ないとう》先生って」

「ええ。彼女、わたしより一歳下なだけで同世代だし、けっこう話が合ってね。それに、学校が忙しいから夜は外食が中心になって、自宅から近いウチをひいきにしてくれているのよ。今日は、少し早めに帰れるって話だったから、お客さん代表として試食してもらおう、と思って呼んでいたの」

「そうだったんですか。いや、それならラーメンスープの再現に成功してよかった。でも、失敗していたらどうしたんですか？」

「そのときは、奏太くんの腕を見てもらうだけになっていたでしょうね。まだ、専門学校生だからって、亜沙子さんもけっこう心配していたし。だけど、ラーメンスープができたから、自信を持って料理ができるんじゃない？」

こちらの質問に、若き義叔母がそう応じる。

そうして、奏太はいったん住居部に移動し、冷蔵庫から肉野菜炒めに使う材料を持ち出して厨房に戻った。

それから、調理に取りかかろうとしたとき、店の出入り口の引き戸をノックする音がして、「こんばんは」と女性の声が聞こえてきた。

すると、早紀が「はーい」と客席のほうに向かう。出入り口の内側に暖簾をかけているため、姿を見ることはできないものの、声だけで亜沙子だと分かったらしい。それくらいの常連、と言うより、もはや友人のような存在なのだろう。

そうして、早紀が鍵を開けると、引き戸がガラガラと開けられ、一人の女性が入ってきた。

彼女は、髪は背中まで伸びたストレートの黒ロングで、やや吊り目気味でいかにも真面目そうな顔立ちをしていた。それに加えてスーツ姿なので、事前の情報もあってまさに「ザ・女教師」といった雰囲気が感じられる。

しかし、内藤亜沙子の最大の特徴は、スーツを押し上げている胸元の大きなふくらみだ、と言っていいだろう。早紀のバストもかなりのサイズだが、女教師のそれはさらに一回り以上も大きく、美貌と相まって恐ろしく目立つ。

「こんばんは、早紀さん。会うのは、ちょっと久しぶりですね？」

「こんばんは。そうねぇ。でも、本当にちょうどいいところに来てくれたわ。さあ、座って」

早紀が挨拶を返しつつ促《うなが》すと、亜沙子が迷う様子もなくカウンター席の中央に座った。おそらく、そこが彼女の指定席のような場所なのだろう。

ただ、その位置は厨房の人間と視線が合いやすい。

「あなたが、奏太くん？」

「あ、はい。北野奏太です。よろしくお願いします、内藤先生」

「あはは、キミは教え子じゃないんだから、『先生』はやめてよ。気さくに、『亜沙子』って呼んでもらえると嬉しいわ」

と、女教師が笑いながら言った。

この言動からして、彼女は硬そうな見た目に反して意外と気安いタイプだ、と感じられる。

「じゃあ……亜沙子さんで」

「オッケー。さて、ところで『ちょうどいいところ』ってことは、何かいい感じにできたのかしら？」

「料理はこれからだけど、ラーメンスープが完成したのよ。亜沙子さんも、味を確認してもらえる？」

亜沙子の問いかけに対し、引き戸の鍵をかけた義叔母がカウンターに近づいてそう応じる。

そこで、奏太は味見皿にスープを入れて、女教師に手渡した。

亜沙子は、受け取った味見皿を傾け、真剣な表情でスープを口に含む。

「……うわあ。これ、亡くなった店主さんの味そのものって感じね？　驚いたわ。まさか、あのラーメンスープの味を再現できるなんて」

スープをじっくり味わって飲んだ亜沙子が、目を開けて感嘆の声をあげた。

(よかった。これで、本当に自信を持てた気がするよ)

たった一人とはいえ、客からも「浩平の味そのもの」と太鼓判を押してもらえて、奏太は胸を撫で下ろしていた。

既に、早紀からお墨付きをもらっていたとはいえ、実のところ第三者が味わってどう感じるかは未知数だったため、一抹の不安は抱いていたのである。それがようやく解消されて、ひとまずは安堵できたと言っていい。

「それじゃあ、ちょうど肉野菜炒めと、具材はないですけど試しにラーメンを作ってみようと思っていたところなんで、一緒に試食をお願いしてもいいですか?」

と奏太が言うと、女教師がパッと顔を輝かせた。

「あっ、いいわね。ついでに、瓶ビールがあれば嬉しいんだけど」

「浩平さんが亡くなる直前に仕入れた瓶ビールなら、まだ二本残っているわよ。ずっと冷やしたままだから、味が変わったりはしていないはず。再オープンのときには、新しい瓶ビールを仕入れるし、亜沙子さんが飲んじゃってくれる?」

亜沙子の求めに、早紀がそう応じて大瓶の瓶ビールの一本を、冷蔵ショーケースから取り出す。

「待ってました。ただ、肉野菜炒めができるまでの繋《つな》ぎになるようなおつまみは……さすがに無理かしら？」

「そうですねぇ。ここまで、ずっとラーメンスープ作りに専念していたんで。肉野菜炒めの材料も、今さっき住居のほうから持ってきたところなんです。まぁ、そんなに時間はかからないから、ちょっと待っていてください」

女教師にそう答えながら、奏太は調理に取りかかった。

肉野菜炒め自体は、奏太も他の中華料理店でも作ったことがある。しかし、叔父が使っていた材料と分量で、手順まで真似て作るというのは、かなりプレッシャーがかかる。

しかも、亜沙子がコップでビールをチビチビと飲みつつ、興味深そうにこちらを見つめているのだ。講師や生徒仲間に見られながらの調理の経験はあっても、客に見られながらというのはアルバイト時代も経験がなかったので、さすがに緊張を覚えずにはいられない。

（まぁ、あくまでも再オープン前のお試しなんだから）

そう割り切った奏太は、手早く調理を進め、軽く味見をしていい感じになったところで三枚の皿に盛り付けた。

「お待たせしました。肉野さ……いっ!? な、なんだ、あれ?」

と、カウンターから亜沙子に皿を出そうとしたとき、奏太は驚きの声をあげて、危うく肉野菜炒めを入れた皿を落としそうになった。が、それだけはどうにか堪《こら》える。

というのも、女性が出入り口の引き戸の横にある小窓にへばりつくようにして、店内を覗《のぞ》き込んでいたのである。

「どうしたの、奏太くん……って、ええっ!?」

と、こちらの視線を追った早紀も、小窓から中を見ている女性の姿に驚きの声をあげる。

しかし、彼女はすぐに感情の乱れを抑え込んだらしく、出入り口に近づいて引き戸の鍵を開けた。

それを見た外の女性も移動し、義叔母が引き戸を開けると、その姿がはっきり見えた。

ガラス越しではぼんやりとしていたが、へばりついていた女性はおそらく百五十センチ程度と小柄で、ボブカットの髪と高校生くらいの少し幼さが残る顔立ちが、なかなかに愛らしい。

着用している赤いダウンジャケットは、衣料品の量販店で見かけるもので、グレンチェックで膝丈までのタイトスカートの下に黒いタイツを穿《は》いている。格好を見た限り、どこかに出かける途中か、その帰りといったところか？

「申し訳ありません。当店は現在、休業中で……」

「あっ、えっと、分かっています。ごめんなさい。でも、すごくいい匂いがしたから、つい……」

穏やかな早紀の言葉に、慌てふためいた様子で女性が言い訳を口にしかけた途端《とたん》、「グー」と奏太にも聞こえるくらい大きな音がした。

すると、愛らしい女性が顔を真っ赤にして俯《うつむ》いた。どうやら、今のは彼女の腹の虫が鳴った音だったらしい。

「もしかしなくても、お腹が空いているんですか？」

「あ……は、はい。その、あたし、この近所のアパートに住んでいる福原友美《ふくはらともみ》と言います。えっと、実は隣の駅にあるメイド喫茶でバイトをしていたんですけど、今日の昼にお店に行ったら『閉店します』って貼り紙が……それで、いつもお店のまかない料理をアテにしていたんですけど、そんな事情でお昼から何も食べてなくて……お金はあんまりないですけど、お料理を食べさせてもらえませんか？」

早紀の問いかけに、友美が今にも泣きだしそうな表情で訴える。

なるほど、それほど空腹であれば、換気扇から流れ出たのであろう料理の匂いに敏感に反応したのも納得がいく。

「奏太くん、どうする？」

「まぁ、いいんじゃないですか？　どうせ、今作っているのは叔父さんの味に近づけるための試食だし、一人増えて食べる量が減るくらいは問題ないでしょう」

若き義叔母に訊《き》かれた奏太は、肩をすくめながらそう応じた。

「じゃあ、入って。あそこに座っていいわよ」

と、早紀が友美を店内に入れ、亜沙子の隣に座らせる。

それを見てから、奏太は新しい皿を用意し、いったん盛り付けた肉野菜炒めを箸《はし》で四枚分に分けて、改めてカウンターに出した。

「どうぞ。肉野菜炒めと、えっと、あと福原さんにはご飯も」

と、本来は自分と早紀用に炊いていたライスを茶碗に盛り付けて、友美の前に出す。

彼女は目を輝かせ、涎《よだれ》を流さんばかりに肉野菜炒めとライスを見つめていた。

「さて、それじゃあ食べてみましょうか。いただきます」

亜沙子を挟んで友美の反対側の席に座った早紀の音頭で、彼女たちも「いただきます」と言って肉野菜炒めを口に入れる。

「……んんっ！　美味しい！」

真っ先に声をあげたのは、友美だった。どうやら、この味は彼女の味覚にも合ったらしい。

亜沙子は、肉野菜炒めを咀嚼《そしゃく》して、それからビールをグイッとあおった。

「ぷはあ。味は、まずまず申し分ないわね。ちょっとだけ、塩気が強すぎる気はするけど、誤差の範囲かしら？　ビールには、よく合っているわ」

「……ああ、確かに。これは、ラーメンスープが多すぎたかな？　もうちょっと少なめにしたほうが、叔父さんの味に近づくかも」

自分も肉野菜炒めを食べながら、奏太は女教師の感想に頷《うなず》いていた。

「あと、野菜に火を通し過ぎかもね。浩平さんの肉野菜炒めは、野菜がもっとシャキッとしていたと思うわ」

と、早紀も食べてから感想を口にする。

「そうですね。今はまだ、手順を確認しながらやっているから、火にかける時間がどうしても微妙に長めになっちゃって。ここらへんは、慣れですねぇ」

「あのー……すごく美味しいと思うんですけど、なんでそんなに不満が？」

奏太が反省していると、友美が疑問の声をあげた。

そのため、奏太と早紀は自分たちがやっていることについて、彼女に説明した。

「……というわけで、叔父さんの味を再現しようとしているんだ」

「そうだったんですね。でも、あたしと同い年でそこまで頑張るなんて、本当に尊敬しちゃいます」

説明を聞き終えた友美が、目を潤ませながら尊敬の眼差《まなざ》しをこちらに向けてくる。

ただ、奏太はその視線にこそばゆさを感じるよりも、彼女の言葉のほうに驚きを隠せなかった。

「えっ？　僕と同い年？」

「はい。あたし、今は大学二年生で、四月からは三年生になります」

「マジで？　てっきり、まだ高校生くらいかと思っていたよ」

「へぇ、二十歳だったんだ。ビックリねぇ」

「本当に。わたしも、高校生だと思っていたわ」

奏太に続いて、亜沙子と早紀もそんな驚きの声をあげる。

「あはは……よく間違われます。大学の友達と飲みに行くときも、たいていお店の人から身分証を見せるように言われますし」

このような反応に慣れているのか、女子大生が苦笑いを浮かべてそう応じた。

実際、友美は小柄なことに加えて童顔なので、よくて高校生、あるいは少し大人びた中学生と間違えられてもおかしくない雰囲気である。もっとも、「メイド喫茶で働いていた」と言っていたので、最低でも高校生ではあろう、と思っていたのだが。

そんなやり取りもありつつ、具材の入っていないラーメンを試食し、麺のゆで加減など反省点を洗い出したところで、友美が真剣な表情で早紀のほうを見た。

「あの、あたしをここで、アルバイトとして働かせてもらえませんか？　ここならアパートからも近いし、時給が安くてもまかない料理を食べさせてもらえれば……」

「アルバイト？　うーん、そうねぇ。夫の生前は、わたしと彼で回せたけど……奏太くんだと、お客さんの数によってはラーメンのトッピングとか、細かいところで補助が必要になって、わたしだけじゃ手が足りなくなるかもしれないわねぇ」

と、早紀が少し戸惑ったような顔を見せた。

奏太としては、憧れの相手と二人きりで働きたい、という気持ちだったが、決めるのは彼女なので口をつぐんで見守ることにする。

「あたし、料理はあんまり上手じゃないけど、メイド喫茶でパフェのトッピングとかしていたから、接客だけじゃなくて色々と手伝えると思います！　よろしくお願いします！」

　そう言って、友美が深々と頭を下げる。

「……あの、ウチが再オープンするのは、奏太くんが専門学校の卒業式を終えてからよ？　早くても、まだ半月ちょっとかかるけど、それで大丈夫？」

「その間は、単発のアルバイトを探してしのぎます。それで、空いた時間にこの店の接客とか、ラーメンのトッピングの仕方とか教えてもらえれば」

　早紀が確認するように訊くと、童顔の女子大生は前のめりになって応じた。

　その熱意に気圧《けお》されたのか、若き義叔母は「はぁ」と小さなため息をついて奏太に目を向けた。

「奏太くんは、どう思う？」

「えっ？　僕ですか？　いや、その、今のオーナーは早紀さんなんだし、接客のことだから早紀さんが決めちゃっていいと思いますよ。僕は、どっちでも構わないんで」

　彼女の問いかけに、奏太は少し慌てながらそう答える。

「そう……分かったわ。じゃあ、福原さん……友美ちゃんって呼んでいいかしら？　明日から来られる？」

「あっ……ありがとうございます！　頑張って働きますから、これからよろしくお願いします！」

採用の言葉を受けた友美が、パッと顔を輝かせて、早紀と奏太に向かって深々と頭を下げて言った。

「よかったわね、友美ちゃん。わたし、内藤亜沙子。隣町の中学校の国語教師で、この常連だから、よろしくね」

「あ、はい！　よろしくお願いします！」

亜沙子がにこやかに声をかけると、小柄な女子大生はそちらを向いて元気な挨拶をする。

これだけでも、彼女の明るい性格が伝わってくる気がした。

(うーん……早紀さんと、二人きりじゃなくなるのは残念だけど……まぁ、仕方がないよな)

と、奏太は内心で肩をすくめていた。

正直、実際に店を開けたときは、自分がどれだけ手際よくやったとしても早紀の負担がかなり大きくなる、という予感はあったのである。

それに、「浩々飯店」も最終的に浩平と早紀の二人のオペレーションになったが、オープンからしばらくの間は、もう一人接客のアルバイトがいたのだ。少なくとも、奏太の手際が叔父並みによくなるまで、友美がいて困ることはあるまい。

（しかし、こうなるといよいよ「浩々飯店」の再開が近づいたって気がするな）

そんなことを思うと、奏太は今さらのように身の引き締まる思いを抱かずにはいられなかった。

第一章　爆乳お姉さんの濃厚筆おろし

1

「友美ちゃん、基本の醤油ラーメンのトッピングは、左からチャーシュー一枚、メンマ三切れ、海苔《のり》一枚、煮玉子付きなら次に玉子を入れて、最後にネギを中央に……あぁ、それは入れ過ぎ。ネギ増しになっちゃう。その半分でいいわ。あと、出すときは海苔がお客さんのほうを向くようにね」

「は、はい。えっと、これくらいで……これで、どうですか？」

「いい感じよ、友美ちゃん。それじゃあ、もう一回。今度は口を出さないから、自分でやってみて」

早紀が、友美にラーメンのトッピングを指導する声が、客席のほうから聞こえてくる。もちろん、本物のラーメンやチャーシューを使っているわけではないのだが、声だけ聞いていれば実物を使って練習しているようである。

　そんな二人のやり取りを尻目に、奏太は厨房でレバニラ炒めを作っていた。

　三月に入り、調理師専門学校の卒業式まであと一週間あまり。卒業すれば、調理師免許を手にして堂々と「浩々飯店」を再オープンさせられる。それまでに、出す料理の味をどれだけ亡き叔父の味に近づけられるか？　これこそが、今の奏太にとって最大の課題だった。

　ラーメンスープの味の再現に成功したため、ベースの味わい自体は近づけることができた。しかし、料理の微妙な味や食感がなかなか浩平と同じにならず、調整に苦戦している。レシピノートに従って作ったつもりでも、どうしてもどこかしらに違いが出てしまうのだ。

　特にレバーは、下処理一つで食感が大きく変わる。浩平は、この部分を直接教えるつもりだったらしく、レシピノートにはやり方が書かれていなかったのである。

　それでも奏太は、試行錯誤しながら今日何度目かのレバニラ炒めを作り、中華鍋から皿に盛り付けた。そうして、まずは箸でレバーを摘《つ》まんで口に含んでみる。

「おっ。臭みもないし、食感もやっと叔父さんが作ったのとほぼ同じになった。下処理の仕方は、あれでよかったみたいだな。ただ、ちょっと火を通しすぎたかも？　あと十秒、いや五秒短くすれば叔父さんのレバニラにもっと近づく気がする」

と、独《ひと》り言《ごと》が口を衝《つ》く。

あと一歩だったが、再オープンで提供できる目処《めど》が立っただけでも、プレッシャーが少し軽くなる気がした。

「よし。それじゃあ、早紀さんと友美ちゃんにも試食してもらおうかな？　余ったら、友美ちゃんのご飯にすればいいし」

越後N県に実家がある友美は、一人暮らしが確実なS市の大学への進学を両親に反対されていたらしい。それでも、彼女は尊敬する教授がいるからとその大学を強く希望し、高校二年生の頃からアルバイトを必死に頑張って、入学金と一年分の学費などを自力で稼いだと言う。

そうして、目標の大学に合格して親元を離れたものの、このような事情もあって親からの仕送りはまったくない、という話だった。したがって、学費はもちろんのこと、家賃から光熱費や食費に至るまで、すべて自分で賄《まかな》わなくてはならないのである。

メイド喫茶の時給がいくらだったかは知らないが、大学に通いつつ学費や生活費を稼ぐのがどれだけ大変かは、奏太でもなんとなく想像がつく。

このような事情もあって、友美にとっては奏太の試食用料理も、食費を節約する貴重なものになっていた。

「早紀さん、友美ちゃん、試食を……って、あれ？」

声をかけてから客席を見た奏太は、疑問の声をあげていた。

いつの間にか、二人は姿を消していたのである。ただ、外に出た気配はないので、おそらく奥の控え室に行ったのだろう。

元はラーメン屋だった「浩々飯店」の建物は、一階が食堂、二階と三階が住居になっている。一階の店内は、カウンター席が八席、四人掛けのテーブルが五卓置かれており、その奥には六畳の和室があった。もともとは、四人以上の客を入れたりするために使われていたらしいが、浩平はそこを自分たちの休憩や貸し切り時の客が休んだりできる控え室に改装したのだ。

（ずっと、ラーメンのトッピングの練習をしていたし、お茶でも飲んでいるのかな？）

そう思いつつ、レバニラ炒めを盛り付けた皿を持って控え室に向かう。そして、

「早紀さん、友美ちゃん、レバニラができたから試食を……」

と襖《ふすま》を開けた途端、奏太は目を丸くしてその場に立ち尽くしていた。

なんと、メジャーを手にした早紀の前で友美がシャツを脱ぎ、ブラジャー姿を露《あら》わにしていたのである。

格安衣料品店で売っているような、飾り気がまったくないピンク色の下着だったが、女子大生のバストにシャツ越しに見ていた以上のボリュームがあることが、こうしてじかに目にするとはっきり分かった。小柄で童顔の彼女だが、こうして下着姿だと飾り気のないブラジャーであっても、なかなかに色っぽさが感じられる。

（と、友美ちゃんの下着姿……）

それ以上のことが考えられず、奏太は思考回路がショートしたように身動きが取れなくなっていた。

奏太は、男女交際はおろか風俗の経験すらない真性童貞だった。もちろん、異性に興味はあって、ヌード写真などをオカズに孤独な指戯に耽《ふけ》っているのだが。

ただ、上半身だけとはいえ下着姿の女性を生で目にしたのは、これが初めてのことだった。それが早紀でなかったのは少し残念だったが、同い年の美人女子大生のものでも充分に眼福と言えるだろう。

一方の早紀と友美も、凍りついたように奏太のほうを見ていた。

そうして、三人の間に時間が止まったような沈黙が流れ……。

「き……きゃああああぁぁぁぁ!!」

みるみる顔を真っ赤にした女子大生の悲鳴が、「浩々飯店」に響き渡った。

「わっ、わわわっ！　ゴメン！　って言うか、なんで脱いでんのさ？」

我に返った奏太は、慌てて襖を閉めつつ疑問を口にしていた。まったくもって、こんなところで服を脱いでいるなど、予想できるはずがない。

『ああ、友美ちゃんが胸回りがちょっと苦しいって言うから、サイズを測ってあげようとしていたのよ。奏太くん、料理に集中していたから声をかけなかったんだけど、ちゃんと言えばよかったわねぇ』

と、若き義叔母の申し訳なさそうな声が、襖の向こうから聞こえてくる。

なるほど、身体に合わないブラジャーをしていると、体形の崩れだけでなく身体の不調にも繋がることがある、という話は、奏太も興味本位で調べて知っていた。おそらく、節約志向の友美は下着の買い換えをためらっており、それを知った早紀がサイズの測定を申し出たのだろう。

「な、なるほど。僕も、ちゃんとノックして声をかければよかったですね。すみません、そこまで気が利かなくて。友美ちゃんも、ゴメンね」

奏太は、動揺を抑えながらそう応じた。

『うう……も、もう、仕方ないですね。許してあげますから、今見たことは忘れてください』

友美のそんな恥ずかしそうな声が、襖の向こうから聞こえてくる。

声のトーンから察するに、どうやら怒っているわけではないようだ。

とはいえ、脳裏に初めて生で目の当《ま》たり《あ》にした童顔女子大生の下着姿が焼きついてしまい、奏太はしばらく胸の高鳴りを抑えきれずにいた。

2

「それじゃあ、カンパーイ！　……んんーっ！　美味しい！　塩加減が絶妙よ！　ブリって、刺身以外は照り焼きかブリ大根ってイメージがあったけど、塩焼きもいけるわねぇ」

いつものカウンター席に座り、ビールを一口飲んでから奏太が出したブリの塩焼きを一口食べるなり、ブラウスとロングスカート姿の亜沙子が感嘆の声をあげる。

「ありがとうございます。ブリって、処理を間違えると臭みが出やすいんですよ。逆に言えば、きちんと処理をすれば塩焼きでも充分に美味しくできるわけで」

と、奏太もコップのビールを飲んでから、そう応じた。

ブリの塩焼きとご飯と味噌汁、それにほうれん草のおひたしという和定食を用意したのだが、どうやら女教師の口には合ったらしい。

(それにしても、なんで昼間から亜沙子さんに和食を振る舞って、しかも一緒に飲む羽目に……)

自身は既に昼食を済ませていたため、スナック菓子をつまみながら、奏太はついついそんなことを考えていた。

調理師専門学校の卒業式まで、あと数日と迫った日曜日。早紀は短大時代の友人と会うからとS市に出かけ、友美は単発のアルバイトが入っていずれも不在となった。おかげで、料理を試食する人間が自分以外にいなくなり、今日は完全休養日にしたのである。

もっとも、卒業して調理師免許を手に入れたら、すぐにでも店を再開するつもりなので、その前にリフレッシュできるのはありがたいことではあったのだが。

そこで奏太は簡単な昼食後、今日の晩ご飯用に駅前のスーパーへ魚など和食の食材を買いに行ったのだった。

何しろ、試食用料理の大半は友美が持ち帰ってくれているとはいえ、さすがにすべてというわけにはいかない。そのため、味が安定してメニューの品数も増えてきた最近は、自分の料理の試食が普段の夕食代わりになっていた。そうして、しばらく中華尽くしだったため、なんとなく和食が恋しくなったのである。

ところが、その買い物の最中、私服で買い物中の亜沙子と偶然バッタリ遭遇した。

実は、彼女にはラーメンスープの再現チェックのとき以外にも、二度ほど試食に付き合ってもらっており、すっかり顔なじみになっていたのである。

ただ、女教師の買い物カゴがカップ麺などインスタント食品ばかりなことに、奏太がいささか呆れて苦言を呈したところ、料理が非常に苦手だという告白があった。そして、さらに会話の流れで「浩々飯店」で和食を振る舞うことになったのだ。

それから亜沙子は、スーパーで五百ミリリットルの缶ビールを二本買い、奏太が料理を出すとこちらにお酒を勧めてきた。そうして、現在に至っている。

「ビールもいいけど、和食だといい日本酒を用意しておくべきだったかも？　まぁ、定期テストの期間や成績表付けをしている最中は、お酒を飲まないようにしているから、今もあんまりガッツリ飲むわけにはいかないんだけどねぇ」

と言う女教師の言葉で、奏太は我に返った。

早紀から聞いた話によると、彼女は浩平の生前から、定期テストの前後や成績表付けをしている最中は来店しなかったらしい。というのも、ここに来るとどうしても料理を食べながら酒を飲みたくなり、あとの時間は使いものにならなくなってしまうのだそうだ。

さすがに、テストの採点や生徒の成績付けを酔っ払いながらするわけにはいかないため、亜沙子はこの期間、基本的に断酒して仕事に集中している、とのことである。

今は飲酒しているものの、これは完全に今日だけはイレギュラー、と割り切っているからだった。それに、彼女は普段、店では六百三十三ミリリットルの大瓶を二本に、紹興酒か焼酎まで飲んでいたという。五百ミリリットルの缶ビール一本程度ならば、飲んだうちにも入らないのだろう。

「それにしても、昼間から店で酒を飲むなんて、ちょっと背徳感というか罪悪感というか、悪いことをしているような感じですねぇ」

奏太は、ついついそう口にしていた。

昨年六月に二十歳になったばかりの奏太は、合法的に飲酒できるようになってまだ日が浅く、晩酌すらほとんどしていなかった。また、普段は味の確認のために料理で使う酒を一舐《な》めする程度で、専門学校時代にたまにあった友人たちとの宴会が、飲酒する数少ない機会だったのである。

それに、いつもなら正月にこの店に親族が集まって昼間から宴会をしていたのだが、十一月に浩平が死去したため、今年はその機会もなかった。つまり、ここで飲むのはもちろん、昼酒自体が初めての経験なのである。

「ふふっ、そうね。まぁ、お店がオープンしたら、昼酒なんてそうそうできないだろうし、今のうちに味わっておいたらいいんじゃない？」

奏太の感想に対し、亜沙子がビールを飲みながら楽しそうに応じる。

そうして、彼女は奏太と他愛のない雑談をしながら、食事を進めていった。

「はぁ、ごちそうさま。奏太くんは、すごいわねぇ。中華では亡くなった叔父さんの味を再現して、こうやって美味しい和食を作れて、おまけに洋食も作れるんでしょう？　まさに、万能選手って感じ」

缶ビールを空にして定食を平らげたところで、亜沙子がそう切りだした。

「いやいや、そんな大したもんじゃないですよ。学校で、一通りの基礎を習っただけで。それに、アルバイトで厨房に立った経験はありますけど、自分がメインでやるのは初めてだから、実は不安で……」

アルコールのせいか、ついそんな懸念を吐露してしまう。

「これだけの腕があるから、そこまで心配しなくてもいいと思うけど……けどまぁ、その若さで学校を卒業したらすぐにお店をやろうっていうんだから、仕方がないかもね。わたしも、教師になって二年目で初めて担任を受け持ったときは、上手《うま》くできるか不安でいっぱいだったし」

「亜沙子さんでも、やっぱりそうだったんですか？」

「そりゃあそうよ。ぶっちゃけ、今だって教師を今後も続けていけるか、自信があんまりないもの」

彼女の意外な言葉に、奏太は目を丸くしていた。

「そうなんですか？　亜沙子さんって、教職にすごく思い入れがありそうだから、どんなことでもあっさりやり遂げていそうだったんですけど？」

「中学の教師になるのは、高校時代からの目標だったたし、それを果たせたのは自信になっているわ。だけど、思春期の子たちって、想像していた以上に扱いが難しくてさ。特に、今の子はわたしが中学生の頃より、妙な部分で進んでいる割に、やけに幼いところもあったりね」

「はあ。やっぱり、そういうもんなんですかねぇ？」

「それに、担任はともかく、女子卓球部の顧問までやらされるなんて思わなかったわよ。卓球なんて、わたしは中学の一年生と二年生までしかやってなかったし、レギュラーにもなれなかったレベルで人様に指導なんてできないんだから。それなのに、『経験者で一応ルールを知っているから』って理由で顧問を押しつけられてさ。しかも、最初は『担任を持つようになったら替える』って話だったのに、いつの間にか並行してやらされることになっちゃったし。ホント、普段の練習はともかく、練習試合とか公式試合で土日の休みがちょくちょく潰れるのは、まったく勘弁して欲しいわ。どうせ、ウチの部なんて弱小なんだし」

と、亜沙子がまくし立てるように言う。

「ああ、部活の顧問は、そういうのありますよねぇ」

強豪校なら張り合いもあろうが、弱小部でしかも自身はそこまでやる気がないのに、単に「顧問」というだけで休日が潰れるのは、本人としては鬱陶《うっとう》しいことこの上あるまい。

「部活だけじゃないのよ。クラス担任を持ってからは、予想の斜め上を行く変な要望とかクレームがちょくちょく来るのも厄介《やっかい》でね。この間なんて、クラスの男子の母親から『息子が、先生のオッパイがすごく大きくて授業に集中できない、と言っていた。胸を小さくするべきだ』なんて電話が来たんだから。多少、押さえつけることはできるけど、どうやって胸を小さくしろっていうのよ？　まったく、わたしだって好きで大きくなったわけじゃないってーの!」

酒の勢いなのか、女教師がこちらに身を乗り出すようにして、そんな愚痴までこぼす。

「それはまた……」

なんとも理不尽極まりない話を聞かされて、奏太も呆れるしかなかった。

アダルト動画や漫画ならともかく、まさか現実に教師の胸の大きさにクレームをつける人間がいるとは、少々驚きである。

(とはいえ、確かに亜沙子さんのオッパイは、思春期の男子にはちょっと刺激が強いかもな)

という思いもあり、奏太はやや前のめりになって存在感を増した彼女の胸のふくらみに、ついつい目をやっていた。

今は、ラフなシャツ姿だが、それでもバストの大きさははっきりと分かる。身体のラインがより分かりやすいスーツだと、二つの乳房の存在感がいっそう増すのだ。

奏太ですら目を奪われるのだから、第二次性徴期を迎えて日の浅い男子の心理は察するにあまりある。

(本当に、亜沙子さんのオッパイは大きいよなぁ。いったい、どんな触り心地なんだろう？　前に、早紀さんに抱きつかれたときも、オッパイの柔らかさがブラジャー越しにも感じられたけど、もっと大きい亜沙子さんのなら……）

そんな興味が、心に湧き上がってくる。

実のところ、奏太は真性童貞ながらも、いやだからこそと言うべきか、女体やセックスへの関心は人一倍強く持っていた。

今、憧れの相手である早紀と一つ屋根の下で暮らしながらも何もしていないのは、まだ浩平が死んで半年未満なのもさることながら、「浩々飯店」を再開するという大きな目標があるからだ、と言っていい。もっとも、内心であれこれと言い訳はしているものの、実は単に襲ったり告白したりする度胸がないだけ、というのが大きいのだが。

ただ、中途半端にふくらみの感触を知っていることもあって、女教師の爆乳への興味がいっそう煽《あお》られるのも、紛れもない事実だった。

「もう。奏太くんも、やっぱりこのオッパイが気になるんだ？」

と言う亜沙子の声で、奏太はようやく我に返り、自分が彼女のバストを凝視していたことに気付いた。

「す、すみません。つい……」

そう応じて、慌てて視線をそらしたものの、いったんふくらみを意識してしまうと完全に無視するのも難しい。

「えっと……じゃあ、食器とか洗っちゃいますから」

と、奏太は席を立った。

隣にいると、どうしても彼女の胸に目がいってしまう。そうであれば、最善策は離れることだ。

ところが、空になった皿を片付けようとしたとき、亜沙子が奏太の手を摑《つか》んだ。

「えっ？　あ、亜沙子さん？」

驚いて顔を見ると、女教師は何やら悪戯《いたずら》を思いついた子供のような笑みを浮かべている。

「ねえ？　奏太くん……もう、奏太でいいかしら？　奏太は、今まで女の子と付き合ったことある？」

「な、なんですか、いきなり？」

唐突な質問に、奏太は困惑を禁じ得なかった。

「いいから、ちゃんと答えて。女の子と付き合ったことは？　セックスの経験はあるの？」

「な、ないです……」

亜沙子のあけすけな問いかけに対し、奏太は嘘をつくこともできず、正直に応じてしまう。

「まぁ、そうよねぇ。わたしに対してもそうだけど、早紀さんや友美ちゃんへの態度を見ていたら、女を知っているようには思えなかったし。風俗とかも、行ったことがないんでしょう？」

そう訊かれて、奏太は「はい……」と素直に頷いた。

調理師専門学校があるＭ県Ｓ市は、東北唯一の政令指定都市であり、東北一の歓楽街もある。そのため、専門学校の仲間の中には「風俗店に行った」と、武勇伝を語る者もいた。

だが、奏太は学校の他に中華料理店でアルバイトをしていたし、何より「叔父さんの下で修行して、いつか自分の店を持つ」という大きな目標があった。そのため、性欲は旺盛でも風俗遊びにかまける気にならず、孤独な指戯で我慢してきたのである。

「それじゃあ、美味しいご飯のお礼に、わたしが女を教えてあ・げ・る」

妖しい笑みを浮かべながら、亜沙子が手に力を込めてそんなことを言った。

その頬《ほほ》がほのかに紅潮しているのは、果たして酒を飲んだせいなのか、それとも興奮しているからなのか？

「えっ？　なっ……そ、それって……」

あまりにも予想外の申し出を受け、奏太の頭はアルコールのせいもあってパニックを起こしていた。おかげで、彼女の言葉の意味を正しく理解することもできない。

すると、女教師の顔がみるみる近づいてきた。

奏太が唖然《あぜん》としている間に、その距離はあっという間に縮まり、そしてとうとう唇同士が重なった。

3

「くうっ、それっ……はううっ！」

奏太は下半身を露わにし、カウンター席のテーブルに後ろ手をついて、立ったまま喘《あえ》いでいた。

「んっ。んむ、んぐ、んんっ……」

足下には亜沙子が跪《ひざまず》き、股間に顔を埋めて声を漏《も》らしながらストロークをしている。

キスのあと、奏太が呆然としている間に、女教師はこちらのズボンを脱がしてしまった。そして、手慣れた様子でパンツまで下げると、ためらう素振りを見せずにフェラチオをしだしたのである。

そうしてペニスから生じた快感を前に、奏太は彼女の行為を止めることすら忘れ、ひたすら喘ぐことしかできなかった。

（ふああ、チ×ポがとろけそう……これが、本物のフェラなんだ……）

そんな思いが、心に湧き上がってくる。

アダルト動画やエロ漫画で、この行為そのものは知っていたが、当然の如く実体験は初めてである。気持ちよさはさんざん想像していたものの、実際にされると予想の何倍もの心地よさがもたらされるのだ。

もっとも、それは亜沙子のテクニックが巧みだ、というのもあるかもしれないが。

「ふはっ。レロ、レロ……んっ。チロロ……」

女教師は一物を口から出すと、亀頭を軽く舐め回した。そして、舌を這わせる範囲をカリ、さらには竿全体へと広げていく。

それに加えて、彼女は手で陰嚢《いんのう》を弄《いじ》り回しているため、精嚢からも奇妙な快感がもたらされるのだ。

「ふああっ、それ、よすぎっ……あううっ！　くうっ……！」

「ピチャ、ピチャ……ふふっ。奏太、本当に気持ちよさそうねぇ？　それじゃあ……あーん」

　こちらの言葉に対し、嬉しそうな表情を浮かべた亜沙子が口を大きく開けて、再び陰茎を深々と咥《くわ》え込む。

「んんっ……んっ、んっ、んむ、んぐ……」

　彼女は、すぐに声を漏らしながら熱の籠《こ》もったストロークを開始した。

「ああっ、また……うはあっ！　はううっ……！」

　新たに生じた性電気を前に、奏太は天を仰《あお》いで我ながら情けない喘ぎ声をこぼしていた。もっとも、なにもかも初体験の真性童貞に、この快感に抗《あらが》う術《すべ》などあるはずがあるまい。

　もちろん、最初は奏太も亜沙子を止めようと思っていた。いくら出入り口が暖簾で隠れていて、前に友美が覗いていた小窓も通常は見る人がいないとはいえ、店の客席で性行為に及ぶなど、普通に考えてあり得ないと言っていい。

　しかし、ファーストキスの余韻《よいん》と酔いのせいもあり、彼女をしっかりと制止しきれなかったのだ。とはいえ、行為に対する好奇心を抑えられなかった、という一面も否定しきれなかったが。

おかげで今の奏太は、分身からもたらされる心地よさに、ただただ酔いしれることしかできなくなっていた。

（ああ、すごっ！　自分の手とはまったく違う……口でされるのが、こんなに気持ちいいなんて……）

亜沙子のフェラチオは、自慰のときの妄想よりも何倍も心地よく、興奮を煽るものだった。

ただ、風俗に行った経験はないものの、現役の教職者に奉仕されていることが、風俗嬢にされるのとは異なる昂《たかぶ》りを生みだしているような気もしてならない。

また、彼女自身は、「フェラなんて、教師になる前に付き合ってた元彼にしたのが最後だから、すごく久しぶり」と言っていたが、その行為にブランクはまるで感じられなかった。もっとも、多少のぎこちなさがあったとしても、未経験者に気付けるはずもあるまい。

そんなことを思っていると、亜沙子がストローク時に舌を裏筋に当てるようにしてきた。そのため、快電流がいっそう強まる。

「ほああっ！　そっ、それっ……うほおぉ！」

鮮烈な性電気が脊髄を伝って脳天を突き抜け、奏太は我ながら間の抜けた喘ぎ声をこぼして、おとがいを反《そ》らしていた。

まったく、これほどの快感を知ってしまったら、もう孤独な指戯で抜く行為になど戻れなくなってしまいそうだ。

「ふはあっ。先走り、溢《あふ》れてきたぁ。そろそろ、出そうなのね？」

一物《いちもつ》を口から出すと、爆乳女教師が嬉しそうにそんな指摘をしてくる。

実際、肉茎の先端からは彼女の唾液《だえき》とは異なる透明な液体が、溢れ出していた。

先走りが出てくれば、射精まであと少しである。

「あの……早くて、すみません」

「謝らなくてもいいわ。初めてじゃ仕方ないと思うし、わたしのフェラでそれだけ気持ちよくなってくれたってことなんだから、むしろ嬉しいくらいよ」

と、亜沙子が妖艶《ようえん》な笑みを浮かべる。

どうやら、こちらが呆気なく発射態勢に入ったことを、呆れたり怒ったりする気はないらしい。

「それじゃあ……あっ、そうだ。このまま、口で続けて出させてあげてもいいけど、どうせならこっちでしてあげようかしら？」

女教師が、ブラウスの上から自分の胸を持ち上げるようにしながら、少しからかうようにそんなことを言う。

「そ、それって……ゴクッ」

彼女の意図を察した奏太は、思わず生唾を呑み込んで、シャツ越しの爆乳に目をやっていた。

（こ、このオッパイでパイズリ……）

フェラチオの快感に夢中になっていて失念していたが、その行為自体はアダルト動画やエロ漫画で知っているし、妄想でされるシーンを思い描いたことは何度もあった。だが、女性のほうが自ら言いだすとは、いささか予想外だった。

とはいえ、彼女ならばパイズリなど苦もなくできるだろう。いや、むしろこのバストサイズの持ち主に胸で奉仕をしてもらわないほうが、ある意味で不自然ではないだろうか？

そんなことを考えて、ふくらみを見たまま硬直した奏太の反応を了承と見たらしく、亜沙子はいったん立ち上がった。そして、ためらう素振りも見せずにシャツを脱ぎだし、白地に青いラインで模様が描かれたレースのフロントホックのブラジャーを露わにする。

（うおっ。や、やっぱり大きい……）

奏太は、彼女の下着姿に見入っていた。

生の女性のブラジャー姿は、少し前に友美のを目撃している。あれも目に焼きついて、未だに自慰のオカズになっているくらい煽情的に思えたが、女教師の色っぽさは、童顔の女子大生とは比較にならない気がした。

顔立ちが大人びていることや、下着のデザイン自体にもアダルトさが感じられることはもちろんある。だが、何よりもブラジャーのカップに包まれながらも圧倒的な存在感を誇る乳房が、色気を増大させている気がしてならない。

奏太が見とれている間に、亜沙子はシャツをテーブルに置き、谷間のファスナーを開けた。すると、解放された爆乳が弾けんばかりに姿を現す。

（おおっ！　亜沙子さんの生オッパイが……）

と、奏太は目を大きく見開いていた。

何しろ、今まで服越しにしか見ることができなかったバストが、生の姿をさらしているのである。

釣り鐘形で、大きさのせいか重力に負けて少し下向きながらも、しっかりと張りもありそうなふくらみ。その頂点にある乳輪は、さすがにやや大きめだがピンク色で、突起はツンと屹立《きつりつ》している。

こうして、間近で彼女の豊かすぎる胸を目にすると、その魅力と破壊力は想像以上に思えてならなかった。

そんなことを思って奏太が呆《ほう》けている間に、女教師は上半身を露わにしてブラジャーを腕から抜き、シャツの上に置いた。そうして、再び奏太の前に跪き、今度は二つの乳房の両側に手を添えながら、深い渓谷を陰茎に近づける。

すると、すぐに分身が大きなふくらみにスッポリと包み込まれた。

その瞬間、奏太は「ふあああっ！」と声を漏らしていた。

手や口とは異なる、柔らかさと弾力を兼ね備えた感触に肉棒を包まれた心地よさ。これもまた、想像していた以上のものである。

（こ、これは天国か？　こうされただけで、気持ちよすぎてイッちゃいそうだよ！）

という思いが、奏太の脳裏をよぎる。

実際、あと少しフェラチオの時間が長くてカウントダウンが進んでいたら、あるいは亜沙子が上半身裸になるまでのインターバルがなかったら、谷間に挟まれた瞬間に暴発していたかもしれない。

「はぁ。やっぱり奏太のオチ×ポ、すごいわぁ。このオッパイで挟んで、先っぽが出るくらい大きなオチ×ポなんて、わたしも初めてよ。それに、すごく硬くて、とっても素敵」

「そ、そうなんですか？」

亜沙子の感想に、奏太は困惑しながら応じていた。

何しろ、他人と勃起ペニスの大きさを比べたことなどないので、自分のモノがどれほどのものかなど考えたこともなかったのである。

「ええ。こんなに立派なオチ×ポなのに、今まで女性経験がなかったなんて、本当に勿体《もったい》ないわ」

爆乳の渓谷にペニスを挟んだままの女教師から、このように言われると、いささか複雑な気分にならざるを得ない。

これまで女性に縁がなかったのは、恋愛に一歩踏み出す勇気がない自身の性格に、大きな問題があったのである。それに、風俗を含めた一夜限りのアバンチュールのような刹那《せつな》的な女性関係よりは、ちゃんと相手を愛し、相手からも愛されるような関係がいいと考えていたため、奏太は遊びの交際に踏み切れずにいたのである。

もっとも、亜沙子ほど強引に迫ってくる女性が身近にいたら、どうなっていたかは分からないが。

「まぁ、とにかく今は、オッパイで奏太を気持ちよくしてあ・げ・る」

こちらが黙っていると、彼女はそう言って添えた手で乳房を交互に動かし、内側で肉茎をしごきだした。

「んっ。んっ、んんっ、んふっ、んんっ……」

「ふおっ！　こ、これっ！　はああっ……！」

たちまち、奏太は天を仰いで引きつった喘ぎ声をこぼしていた。

唾液とカウパー氏腺液が潤滑油《じゅんかつゆ》になっているおかげか、彼女が動きだすのと同時に分身から甘美な快感がもたらされる。

（な、なんだ、これ？　手とも口とも、まるで違って……すごすぎるよ！）

大きく柔らかなふくらみで一物をしごかれることで生じた心地よさは、手はもちろんフェラチオとも明らかに一線を画すものだった。

パイズリをされること自体は、自慰のときに想像していたのだが、それを遥かに超える快楽が得られるとは、まったく予想もしていなかったことである。

「んんっ。奏太、気持ちよさそう。でも、まだこれからよぉ。んっ、んっ、んふっ、むふっ……！」

と、亜沙子が手の動きをいったん止め、今度は膝のクッションを使って身体全体を揺するようにしながら、肉棒への刺激を強める。

「うおっ、これは……ふあああっ！」

いっそう増した快感のあまりの大きさに、奏太は再び天を仰いで大きな喘ぎ声をこぼしていた。

まさか、あの快感のさらに上があるとは、想定外としか言いようがない。

(ああ、これは夢じゃないよな?)

今までに味わったことのない心地よさに、奏太の心にそんな思いが湧き上がる。

何より、顔見知りになってまだ日が浅い女教師が、このようなことをしてくれているのが、未だに信じられない気分だ。

だが、この生々しい快楽が夢や幻であるはずがない。もしもこれが夢なら、もう二度と現実の戻りたくないとすら思ってしまうほどである。

ただ、もともと先走り汁が出るほど昂っていたこともあり、この快感にこれ以上耐える術など、奏太は持ち合わせていなかった。

「ああっ! 亜沙子さん、僕もう……!」

「んふっ、あんっ。とっておきをするから、ちょっとだけ我慢して」

奏太が限界を口にすると、彼女は身体の動きを止めてそんなことを言った。そうして、「あむっ」と声を出しつつ亀頭を口に含み、また手で乳房を交互に動かしだす。

さらに、舌で先端部をチロチロと舐め回し始める。

「んっ、レロロ……んむっ、ンロ……」

「はううっ！　こ、これは、パイズリフェラ!?」

フェラチオとパイズリの心地よさが同時にもたらされて、奏太は素《す》っ頓狂《とんきょう》な声をあげ、おとがいを反らしていた。

二つの快感が一度に与えられたことで、脳が麻痺《まひ》したように思考が停止状態に陥《おちい》ってしまう。

そんなこちらの状況を知ってか知らずか、亜沙子はより激しくペニスを舐め、乳房の内側で竿をしごく。

「あうっ、そんなにされたら、口に……もう出る！　くううっ！」

鮮烈な刺激を前に、あっさり限界に達した奏太は、そう口走るなり大量の白濁液《はくだくえき》を女教師の口内にぶちまけていた。

4

奏太は下半身を露わにしたまま、店の奥にある控え室の畳に仰向けになっていた。

傍《かたわ》らでは、亜沙子がスカートを、さらにショーツまで脱いで生まれたままの姿になったところである。

パイズリフェラで達した奏太は、彼女に促されるまま控え室に移動した。

こちらが初めてなので、女教師が騎乗位でセックスを教えてくれることになったのである。とはいえ、さすがに土足の客席の床に寝そべるわけにはいかないため、ここに場所を移したのだ。

奏太が、未だに夢見心地のまま漠然とそんなことを思い返していると、素っ裸になった亜沙子が腰にまたがってきた。

「ふふっ、奏太ぁ？　そこからも、わたしのオマ×コが見えるわよね？　キミの立派なオチ×ポが、わたしのここに入るのよぉ」

と言いつつ、彼女が硬度を保ったままの唾液まみれの肉棒を握る。

そうされただけで、際から心地よさがもたらされて、自然に「うっ」と声がこぼれ出てしまう。

しかし、それでも奏太はこれが現実とは思えず、ただただ自分にまたがった爆乳女教師の姿に見入っていた。

斜め下というアングルだと、彼女の大きなバストがより引き立って見える。そのせいか、爆乳美女が普段よりもいっそう妖艶に思えてならない。

「それじゃあ、奏太の童貞オチ×ポ、いただくわねぇ。ほら、この硬くて太いモノ、これからわたしの中に入っていくわよぉ」

と言いながら、彼女が先端を自分の秘裂にあてがう。

その口調は、まさに生徒の前で教鞭を執る現役教師そのものだ。そんな相手から淫《みだ》らな講義を受けている、という事実がますます興奮を煽る。

奏太が、言葉もなく凝視していると、亜沙子はゆっくりと腰を沈めだした。

「んんっ。んあああ……」

一物が、生温かくぬめった部分に呑み込まれるなり、女教師の口から吐息のような甘い声がこぼれ出る。

それでも彼女は、さらに腰を下ろし続けた。

そうして間もなく、亜沙子の腰が下腹部に当たって、二人の間には一分の隙もなくなった。

「んはああっ、全部入ったぁ！」

爆乳女教師がおとがいを反らし、甲高い悦《よろこ》びの声をあげる。

そうして、彼女は奏太の腹に手を着いて、視線を合わせてきた。

「ふああ……すごぉい。オチ×ポの先っぽが子宮口を押し上げているの、はっきり分かってぇ……こんなに奥まで届くオチ×ポ、初めてよぉ」

亜沙子のそんな感想を、奏太は夢見心地のまま聞いていた。

(ああ……なんだ、これ？　温かくて、ヌメヌメした肉がチ×ポ全体に絡《から》みついてくる感じで……す、すごく気持ちいい！)

という思いだけが心を支配し、女教師の言葉がまったく頭に入ってこない。

「奏太、童貞卒業おめでとう。今、どんな気分？　って、その表情を見たら、わざわざ聞くまでもなさそうねぇ」

亜沙子が、なんとも楽しそうに言う。

おそらく、よほどたるんだ顔をしているのだろうとは思うが、この快感を味わっていては仕方があるまい。

(ああ、そうか。僕、もう童貞じゃなくなったんだ)

彼女の言葉で、今さらながらそのことに思いが至る。だが、膣肉の心地よさへの感動が勝っており、自分でも意外なくらい童貞喪失に対する喜びが薄かった。

「んふっ、奏太ぁ？　言っておくけど、まだ挿《い》れただけなんだからね？　これは、セックスレッスンの第一段階。これから、第二段階に移るのよぉ」

そう言って、彼女は奏太の腹に手をつき、ゆっくりと腰を上下に動かしだした。

すると、結合した陰茎から得も言われぬ快感がもたらされる。

「ほあっ！　はうっ、これっ……ううっ！」

あまりに鮮烈すぎる性電気が生じて、奏太はそれ以上の言葉を発することもできずにいた。

一方の亜沙子は、こちらの様子に構うことなく腰を振り続ける。

「んっ……んっ……んふっ、んんっ……あんっ、んっ、んっ……」

控えめな抽送《ちゅうそう》だったが、動くたびに女教師の口から艶《なま》めかしい喘ぎ声がこぼれ出る。

それが、なんとも色っぽく見えてならない。

「んあっ、やっぱりいいっ！　んはっ、奏太ぁ？　あんっ、セックスのときはぁ、んふっ、まず動きに慣れるまでっ、あんっ、腰を押しつけるようにっ、ふあっ、するとぉ！　あんっ、いいのよぉ！　はうっ、あんっ……！」

腰を振りながら、亜沙子がそんなアドバイスを口にした。

こうして行為についてレクチャーされていると、まさに教師と生徒という気がしてくる。

「んはっ、そうしてぇ！　あんっ、少しずつっ、んあっ、動きをっ、はううっ、大きくっ、あんっ、するのぉ！　んはあっ、いきなりっ、あうっ、乱暴にしたらっ、ふああっ、絶対にダメッ、あふっ、なんだからぁ！　ああっ、あんっ、あんっ……！」

そう言いながら、彼女の動きが次第に大きく速くなっていく。それに合わせて、大きな乳房の揺れも激しくなる。

しかし、奏太はペニスからもたらされる鮮烈な快感に心を奪われていて、爆乳女教師の教えなどほとんど耳に届いていなかった。

（これが、本物のセックス……なんなんだ、この気持ちよさは⁉）

フェラチオやパイズリもそれぞれによかったが、本番行為の快楽はまた別次元のものに感じられてならない。

肉棒全体を包む膣内の温かさやぬめり具合、抽送によって膣肉とペニスが擦《こす》れて生じる快感、上下動のたびに感じる亜沙子の体重。それらすべてが、牡《おす》の本能を刺激してやまなかった。

専門学校の仲間で、風俗に遊びに行ったらハマってしまい、セックスの気持ちよさを熱く語った挙げ句、学校より風俗通いを選んで退学して就職した者がいた。

その選択は、奏太からするとなんとも愚かにしか思えなかったが、こうして実際のセックスを知ると、彼の気持ちが少しだが分かる気がする。正直、もしも一年前にこの快楽を知っていたら、自身も初志を貫徹できただろうか？

それくらい、生本番でもたらされる快感は鮮烈なものだった。

何より、爆乳をタプンタプンと音を立てて揺らしながら腰を振り、艶めかしい表情で喘ぐ女教師の姿が、最高の興奮材料になっている。

「んはっ、あんっ、奏太ぁ！　あんっ、オッパイッ、あふうっ、揉《も》んでぇ！　んあっ、あんっ……！」

腰を動かしながら、亜沙子がそんな要求を口にした。

（オッパイ……）

彼女の言葉で、大きく弾《はず》む乳房についつい目が行ってしまう。

そういえば、パイズリによって一物で感触は味わっていたが、手では爆乳をまったく触っていなかったのである。

その行為を求められると、好奇心と緊張感が同時に湧き上がってくる。

とはいえ、やはり大きなバストへの好奇心が勝り、奏太は半ば本能的に女教師の胸に手を伸ばしていた。

そうして、揺れる爆乳を鷲掴みにすると、途端に手の平いっぱいに柔らかさと弾力を兼ね備えた感触が広がり、奏太は「ふあぁ……」と感嘆の声をあげていた。

同時に、彼女も「んはあっ！」と甘い声をこぼして動きを止める。

（こ、これが亜沙子さんのオッパイの手触り……すごすぎる！）

感触自体は、一物で分かっているつもりだったが、こうして手の平で感じるとまた違ったものに思えてならなかった。

何より、手からこぼれ出るバストの圧倒的なボリューム感は、こうして摑んでみると、いっそうしっかり感じられる。この豊かな乳房を鷲摑みにできていることが、まだ夢のように思えてならなかった。

「んああ……奏太ぁ、指に力を入れて、オッパイを揉んでぇ。本当なら、最初は優しくって言いたいんだけど、パイズリで興奮しちゃったし、もうエッチしている最中だから、乱暴にしてもいいわよぉ。思い切り揉んで、オッパイでも感じさせてぇ」

亜沙子が、そんなリクエストを口にする。

それを受けて、奏太は「は、はい」と応じつつ、求められたまま指に力を込めた。

すると、指がたちまちふくらみにズブリと沈み込み、バストの形が大きく変わる。その柔らかさに驚いて力を抜くと、今度は弾力が働いて指が押し戻され、乳房の形が元に戻る。

（すごっ……これが、亜沙子さんのオッパイの手応えか！　なんか、面白いぞ！）

一瞬で、その感触の虜《とりこ》になった奏太は、さらにこの極上の触り心地を堪能するため、グニグニとやや乱暴に揉みしだきだした。

「んあっ、ああっ、それぇ！　んはっ、いいわぁ！　あんっ、じゃあっ、あふっ、わたしもぉ！　あんっ、動きを再開っ、あんっ、するからぁ！　んふうっ、奏太はっ、あんっ、そのまま続けてぇ！　んっ、はっ、あんっ、ああっ……！」

と、悦びの声をあげながら、亜沙子が再び腰を動かしだす。

（うおっ！　なんか、オマ×コの締まりがよくなっている気が……）

奏太は、分身からもたらされる心地よさがいっそう増したことに、内心で驚きを抱かずにはいられなかった。

どうやら、乳房を揉むことによって膣肉の動きにも影響が出ているらしい。これは、少々予想外と言える。

（それに、なんといっても亜沙子さんがエロすぎる！）

何しろ、顔見知りになって間もない女教師が、奏太にバストを揉みしだかれながら自ら腰を振って、とてつもなく淫らな姿をさらしているのだ。

そのことが、牡の本能を刺激してやまない。

奏太は、いつしか夢中になって爆乳を揉みながら、一物からもたらされる快感に夢中になっていた。できることなら、一生この快楽を味わっていたい、という気さえしてくる。

だが、それは男である以上、叶《かな》わない夢である。

「くうっ。さすがに、もうっ！」

間もなく、射精感が込み上げてきて、奏太は呻《うめ》くようにそう口にしていた。

一度出しているのだから、もう少し粘りたかったが、あまりに甘美すぎる快感を分身に受け続けたため、あっさりと二度目の限界が訪れてしまったのである。

「んあっ、奏太ぁ！　あんっ、わたしもぉ！　ああっ、もうすぐぅ！　あんっ、一緒につ、はああっ、イキましょう！　あんっ、あんっ……！」

こちらの訴えを受けた亜沙子が、そう言って腰の動きを小刻みなものに切り替える。

おかげで、ペニスへの刺激がいっそう増す。

「ああっ、ヤバイ！　抜かないと！」

「んはあっ、いいのぉ！　あんっ、このまま、あううっ、中につ、はあんっ、出してぇ！　はああっ、濃いザーメンでぇ！　あふうっ、子宮をっ、ああんっ、満たしてぇ！　あんっ、はうっ、イクッ！　あんっ、あうっ……！」

と、女教師がさらに抽送を速める。

（ええっ!?　中出しは、さすがにマズイのでは？）

という思いが奏太の心に湧いてきたが、騎乗位で、しかもこちらが胸を揉んでいる状態ではどうしようもあるまい。

何より、既に射精のカウントダウンに入っていては、あれこれと考えを巡らせる余裕もない。

「ああっ、本当にっ……出る！」

我慢の限界に達した奏太は、とうとう彼女の中にスペルマをぶちまけていた。

「はあっ、熱いのっ、中に来たぁ！　んんんんんんっ!!」

腰の動きを止め、おとがいを反らした亜沙子が、どうにか手の甲で絶頂の声を抑えながら身体を強張《こわば》らせる。

（うおおっ……オマ×コの中がうねって、なんか精液が搾り取られるみたいで……中出し、すごくいいっ！）

奏太は、エクスタシーを味わう女教師を見ながら、中出し射精の心地よさに酔いしれていた。

射精という行為自体は自慰と同じはずだが、子宮に注《そそ》ぐ感覚はまるで別格と言っていい。もちろん、口内射精には大事なものを汚すような背徳感があった。ただ、中出しの場合はそれに加えて征服感とでも言えばいいのか、牡の本能が満たされる感覚が非常に強い。

そうして、射精が終わるのに合わせて奏太がバストから手を離すと、亜沙子がグッタリと倒れ込んできた。

「んはあ……奏太ぁ、すっごくよかったわぁ。キミのオチ×ポ、最高よぉ」

亜沙子が気怠《けだる》そうな、それでいてなんとも甘い声でそんな褒め言葉を口にする。

だが、奏太は返事をすることも忘れて、初めてのセックスと中出しの余韻にひたすら浸《ひた》っていた。

第二章　バイト娘が淫乱むしゃぶり奉仕

1

「ふう。早紀さん、今日の売り上げはどんな感じになりそうですか？」

「そうねぇ。ランチと合わせても、おそらくまだ赤ね」

二十二時を過ぎ、客足が途絶えて手を止めた奏太の問いかけに、食器などを洗いながら早紀がそう応じた。

もちろん、まだ今日の集計をしていないので、あくまでも彼女の経験則からの予想ではある。

しかし、奏太も厨房の忙しさの手応えで、黒字は難しいと予想はしていた。どうやら、案の定だったようだ。

調理師専門学校の卒業式を終え、調理師免許を手にしたことで、奏太が正式に厨房で働けるようになったため、「浩々飯店」は四日前から営業を再開していた。だが、その前から店頭に貼り紙で営業再開日を知らせていたものの、客足はなかなか思うように回復しなかった。

「やっぱり僕程度じゃ、いったん離れた人を呼び戻すには力不足なのかなぁ？」

「大丈夫よ。来てくれた人は、『前と変わらない味だった』って褒めてくれていたし、口コミで噂が広がれば、常連だった人たちもきっとまた来てくれるようになるわ。そもそも、まだ四日しか経ってないんだから、いきなり黒字なんて無理よ。もともとこのお店だって、最初から繁盛していたわけじゃないんだし」

奏太のボヤきに、食器を洗い終えた早紀が手を拭《ふ》きながら、明るい表情で励ましてくれる。

もともと、「浩々飯店」は駅からやや距離があるため、一見《いちげん》さんが偶然入ってくる率が低い。したがって、亜沙子のような常連客がどれだけ来てくれるかが売り上げの肝《きも》なのだ。

実際、浩平から「一定数の常連客ができるまで、かなり苦しかった時期がある」と、奏太も聞かされたことがある。

そんな常連客の、「前と変わらない味だった」という感想は、逆にそれだけ浩平の死去の影響が大きく、新しい料理人に対する不安があったことを表している、と言っていいだろう。来てくれた人でこれなのだから、まだ来店していない元常連がどれだけ不安を抱いているか、想像に難《かた》くない。

もっとも、仕事に慣れていない奏太の負担を考え、ランチタイムは十一時から十四時まで、夜も十七時から二十三時までと、浩平の生前より営業時間を一時間短くしていることも、売り上げの減少に影響を与えているのだろうが。

加えて、今は料理のメニュー数を絞っているからか、あれこれと注文して長居する客がまだいなかった。

駅前などの繁盛店ならば、短時間で客が入れ替わったほうが売り上げは増えるかもしれないが、「浩々飯店」のような立地の場合、一人あたりの客単価が高いほうがありがたい。特に、こうして閉店一時間前に客がいなくなるというのは、常連が腰を据えていた頃ならまずなかったはずだ。

「赤字なのにあたしを雇ってもらって、なんかすみません」

テーブルを拭き終えた友美が、なんとも申し訳なさそうに会話に割り込んでくる。

確かに、彼女に給料を支払うぶん、人件費がかさんでいるのは否《いな》めない。

「気にしないで。もともとの蓄えに、夫の死亡保険金もあってお金には困っていないし、昨日までの赤字幅も覚悟していたよりはずっと小さかったから。それに、友美ちゃんがいてくれるから、わたしはとっても助かっているわ」

と、早紀が笑顔で応じた。

実際、ランチタイムや晩飯時に注文がまとまって入ったとき、まだ不慣れな奏太の手が回りきらなくなって、義叔母と友美がラーメンのトッピングなどの補佐をしてくれた。おかげで、ピークの時間もなんとか乗り切れたのである。

もしも早紀だけだったら、いったいどうなっていたか、考えるのも恐ろしい。その意味でも、接客に慣れている女子大生の存在は大いに助かった、と言っていい。

すると、ガラリと引き戸が開く音がした。

「いらっしゃいませ！」

と、三人が声を揃えて言うのと、花束を持ったスーツ姿の爆乳女教師が中に入ってくるのは、ほぼ同時だった。

(あ、亜沙子さん……)

彼女の姿を見た瞬間、奏太の心臓が大きく飛び跳ねる。

もともと、「成績表付けが終わるまでは来ない」と言っていたため、店が再開してから爆乳美女が姿を見せたのは、今日が初めてだった。

「亜沙子さん、こんばんは。成績表付けは終わったの？」

「こんばんは。夕べ、やっと終わらせました。あ、お店の再開、おめでとうございます。遅くなったけど、これ」

と、早紀に応じた女教師が花束を差し出す。

「ありがとう。試食に付き合ってもらったりしたのに、なんだか気を使わせたみたいでごめんなさいね」

「これくらい、別に大したことじゃないですよ。それより、瓶ビールと肉野菜炒めとチャーシュー単品をもらえますか？」

「あ、はーい。奏太くん、肉野菜よろしく。友美ちゃん、ビールをお願い。チャーシューは、わたしが出すから」

亜沙子の注文を受けた義叔母が、そう指示を出して、花束を持って控え室に行った。おそらく、花瓶を用意して花を生けるつもりなのだろう。

ただ、亜沙子と控え室を同時に意識すると、奏太はどうしても一週間ちょっと前の出来事を思い出さずにはいられなかった。

今でも、キスやフェラチオやパイズリの感触はもちろん、爆乳の手触りやセックスの気持ちよさまで、すべてを昨日のことのようにはっきりと思い出せる。

おかげで、このところ就寝前の自慰のオカズにも事欠いていなかった。というか、抜く回数が増えてしまったくらいである。

それでも、女教師が来ない間は、どうにか平静を保てたのだが、こうして彼女の顔を見るとあの艶姿《あですがた》が思い浮かんで、何を話していいか分からなくなってしまう。

「奏太、もう仕事には慣れた？」

と、いつものカウンター席に着席するなり、亜沙子が以前と変わらない様子で話しかけてきた。

「へっ？　あ、いや、その、まだまだですね。なかなか、手際よくできなくて……味だけは、常連さんからも褒めてもらえているんですけど」

彼女のあまりに平然とした様子に困惑しながら、奏太は慌ててそう応じる。

「それは、当然よね。味は、早紀さんとわたしが試食して、ちゃんと確認したんだから」

と言って、彼女が胸を張った。すると、爆乳がバインと揺れる。

「あはは……じゃあ、肉野菜炒めの用意をします」

ついふくよかなバストに目を奪われそうになりながら、奏太は慌てて視線をそらして、料理の準備に専念した。

「亜沙子さん、いつの間に奏太くんの名前を呼び捨てにするように？」

「ちょっと前に、奏太と外でバッタリ会ったんですよ。そのときに、もう呼び捨てにしちゃおうって思って」

　戻ってきた早紀の問いかけに、亜沙子があっけらかんと答える。

　どうやら、女教師もあの出来事を吹聴する気はないらしい。その点は、ひとまず安心材料と言えそうだ。

（それにしても、まるで何もなかったみたいに……あれが、夢なはずはないし……もしかして、酔っ払ってしたことだから、って割り切っているのかな？　それとも、僕とのエッチなんて、亜沙子さんにとっては大したことじゃなかったとか？）

　もちろん、一度肉体関係を持ったからと、恋人気取りをして欲しいわけではない。しかし、ここまで意識する素振りがないのは、少々納得しかねる。

　これが、経験豊富な人間と初体験の人間の違いなのだろうか？　それとも、亜沙子のパーソナリティーなのだろうか？

　手を動かしながらそんなことを考えると、奏太はなんとも複雑な思いを抱かずにはいられなかった。

「はぁ。この時間に、こうやって外に出るのって、店を再開させてから初めてじゃないかな？」

2

土曜日の十三時過ぎ、奏太は外の空気を吸いながら、駅とは反対方向の閑静な住宅地をブラブラと歩いていた。

東北南部とはいえ、N市はまだ寒い日も多い。だが、昼間は晴れると十五度前後まで気温が上がる日も出てきて、本格的な春の訪れが近いことが感じられる。もう二週間もすれば、S市あたりにも桜の開花宣言が出ることだろう。

今日の「浩々飯店」は、早紀と友美にそれぞれ用事があったためランチタイムの営業を休み、さらに開店時刻も通常より一時間遅い十八時からとしていた。

一人残された奏太は、昼食後に夜に向けた仕込みを一通りしてから、周辺の散策に出たのだった。

何しろ、「浩々飯店」で働きだしてから、この界隈はN駅と店の間以外ほとんど通ったことがないのである。そのため、奏太は駅と反対方向に何があるのか、ろくに知らなかった。

一応、基本は住宅地だとは聞いていたが、「浩々飯店」の暖簾をずっと守っていくつもりならば、自分の目で周辺のことを知っておくのも大事だろう。

「……一軒家とアパートと……へぇ、こんなところに床屋があったんだ。それに、ここがいつも酒やソフトドリンクを持ってきてくれる酒屋だな。なるほど、ここにあったんだなぁ」

と独りごちながら、さらに歩いていると、

「あっ。やっぱり奏太！」

いきなり、背後から亜沙子の声がして、奏太は反射的に振り返った。すると案の定、ダウンジャケットにジーンズのズボンというラフな格好の女教師が、早足でこちらに向かってくるところである。

彼女は手に、五百ミリリットルの缶ビールの六缶パックが入ったビニール袋をぶら下げていた。どうやら、酒屋に寄っていたらしい。

「あ……亜沙子さん、その、こんにちは。お酒を買っていたんですか？」

「こんにちは。ええ、ちょうどビールが切れていてさ。駅前のスーパーまで行くのが面倒だからって、酒屋で買っていたら奏太の姿が見えたのよ。それより、この時間に外にいるなんて、ランチはどうしたの？」

「ああ、今日は早紀さんも友美ちゃんも昼間に出かける用があって、夜の営業だけになったんですよ。一昨日から店頭に貼り紙をして……って、亜沙子さんは来てなかったっけ」

「そうなのよ。昨日が三年生の卒業式で、在校生の担任もなんだかんだで忙しくて、ここ何日かは午前様になっていたの。昨日は、謝恩会のあと教職員の飲み会があったし。まぁ、帰りが遅くなるのは、わたしが学校からちょっと離れたここに住んでいるっていうのもあるけどね」

そう言って、女教師が肩をすくめる。

彼女の勤務先は隣町の中学校だが、駅から徒歩二十分近くかかる立地なため、基本的には自動車で通勤しているらしい。さすがに、飲酒を伴《ともな》う集まりがあるときは、公共交通機関やタクシーを利用するそうだが。

いずれにせよ、そういうことでは二十二時半ラストオーダー、二十三時閉店の今の営業時間に間に合わないのは当然と言える。

「学校の近くに住もう、とは思わないんですか？」

「嫌よ。生徒やその親に、お酒を買っている姿とか見られたくないもの。これでも、学校では真面目な教師で通しているし」

奏太の問いかけに、亜沙子が即答した。

確かに、公立中学校は学区単位なので、住まいが学校に近いと生徒や保護者と遭遇する率が高まる。爆乳にクレームをつけてくるような親が、もしも女教師が酒を買っている姿など目撃したら、何を言いだすか分かったものではあるまい。

その点、隣町であれば、生徒はもちろん保護者とバッタリ会う可能性は限りなく低いので、そういった心配をせずに過ごせるわけだ。

「それはそうと、奏太はしばらく時間があるのね？　だったら、ちょっとウチにいらっしゃいよ。ウチ、この近くだから、少しお話をしましょう？」

そう言って、亜沙子が手を取る。

途端に、奏太の心臓が大きく跳ねた。

女性慣れしていないため、単に異性に手を握られただけでも緊張するのは仕方があるまい。ましてや、彼女は肉体関係を持った相手なので、こんなことをされては平静を保つのも難しかった。

「あ、あの、僕は……」

どうにか断りを入れようとしたが、動揺のあまり言葉が上手く出てこない。

「ほら、行くわよ」

こちらの様子など構う素振りも見せずに、亜沙子が強引に手を引っ張る。

こうなると、強く抵抗するのは難しく、結局、奏太は導かれるまま女教師についていくことになった。

そうして少し歩くと、間もなく住宅地のやや外れにある、かなり年季の入った平屋の小さな一軒家に到着した。

家の前には小さめながらも庭があり、駐車スペースには赤色の軽自動車が停められている。

「ここがわたしの家よ。といっても、いつ転勤を言われてもいいように、賃貸なんだけどね」

そう言いながら、彼女はドアの鍵を開けて奏太を中に案内した。

この家は3Kで、六畳間が三部屋あるという。一人暮らしとしては、いささか過剰な部屋数という気がしてならない。

「わたし、仕事をする部屋と寝る部屋はちゃんと分けたいのよ。それに、ダイニングとして一部屋使うとなると、一人暮らしでもこれくらいの広さがいるわけ。マンションでもよかったんだけど、駐車場代なんかも含めるとここが割安でね。ちょうど貸し出されていて、ラッキーだったわ」

　驚きを隠せなかった奏太に、彼女がそう説明した。

　そうして、亜沙子はビールを冷蔵庫の前に置くと、改めてこちらに向き直った。

「さて……お話を、とは言ったけど、奏太だってわたしが本当は何をしたいのか、分かっているわよねぇ？」

　舌なめずりをしながら、女教師が濡れた目を向けてにじり寄ってくる。その目の輝きは、まるで久しぶりの獲物を見つけた飢えた猛獣のようだ。

　その様子に、奏太は思わず後ずさりしていた。が、すぐに彼女に距離を詰められてしまい、爆乳が胸に押しつけられる。

（うっ。オッパイの感触……それに、体温と亜沙子さんの匂いが……）

　たちまち、カップに覆《おお》われながらもふくよかで温かな感触と、女性の甘い匂いに包まれて、奏太はその場で硬直していた。

　もちろん、自宅に誘われた時点で彼女が単に話をしたいだけだ、とは思っていなかった。しかし、ここまで積極的に迫ってくるとは、いささか予想外である。

　ただ、この体勢なら強引に引き剝《は》がすことも可能なはずだが、奏太自身もそうできずにいた。

突然のことに、頭が真っ白になって硬直している、というのも大きい。しかし、なんと言っても生の女体の感触に牡の本能が著《いちじる》しく刺激されて、女教師を求める気持ちが一気に高まってしまったのが、最大の理由である。

何しろ、初めてセックスを知ってまだ日が浅く、自慰をしていてもずっと物足りなさを感じていたのだ。そのような状態で、渡りに船、闇夜の灯火とでも言うべき亜沙子の誘惑を拒絶できるはずがあるまい。

もっとも、美女に爆乳を押しつけられ、さらに体温と女性の芳香を感じているのだから、正常な性欲を持つ男にこの誘いを拒めるとは思えないが。

すると、不意に股間をまさぐられて、奏太は「あうっ」と声を漏らしてしまった。

「奏太のオチ×ポ、ズボンの中ですごく大きくなって苦しそう。ふふっ、遠慮しないで一緒に愉しみましょう。ここは、わたしの家なんだからぁ」

このように言われると、こちらもいよいよ開き直った心境になる。

それに、店の営業開始までまだ時間があるので、最後までしても特段の問題はあるまい。

そう悟った奏太は、どうにも我慢できなくなって、「亜沙子さん！」と彼女のことを力いっぱい抱きしめていた。

3

「んはあっ、奏太ぁ！　そうよぉ、あんっ、その調子でぇ。んあっ、乳首を吸いながらぁ！　ああっ、オッパイを揉んでぇ！　あんっ、あああっ……！」

顔に精の残滓《ざんし》をつけたまま、布団に裸で仰向けになった亜沙子が、喘ぎながらそんな指示を出してくる。

彼女に覆い被《かぶ》さるように、乳首にしゃぶりついていた奏太は、半ば本能的にその要求に従って、爆乳に添えていた手を動かしだしていた。

「あんっ、それぇ！　はあっ、いいわぁ！　ああっ、はうんっ……！」

たちまち、女教師がより艶めかしい悦びの声を寝室に響かせる。

（ああ、亜沙子さんのオッパイ……こうしていると、なんだか懐かしいような感じもするけど、やっぱりこのボリュームは反則過ぎるなぁ）

という思いが、今さらのように奏太の心に湧き上がってきた。

何しろ、全裸で仰向けになってもなお、彼女の乳房は圧倒的な存在感を失っていないのである。おかげで、少し強く顔を押しつけると、ふくらみに鼻が沈み込んで息ができなくなってしまう。

しかも、今は爆乳の頂点にある突起にしゃぶりつきつつ、片手で柔らかな感触を堪能しているのだ。そのため、この行為の前にフェラチオで一発抜いてもらって顔射をしたというのに、一物の硬度がまったく萎《な》えていない。

「んあっ、あんっ、奏太ぁ！　あうっ、そろそろぉ、ああっ、下もっ、んああっ、お願ぁい！」

亜沙子が、喘ぎながら新たなリクエストを口にする。

奏太は、いったん乳首から口を離して、緊張を隠せず「は、はい」と上擦《うわず》った声で応じていた。

セックスまで経験しているとはいえ、前回はほぼほぼ女教師に任せっぱなしで、下半身を指で愛撫するどころか、触ってすらいなかったのだ。そこに、これから初めて触れるのだから、緊張するのは当然だろう。

「ふふっ。そんなに、硬くならなくていいわよ。ああ、それにしてもこうやって教えながらするの、やっぱりなんだか楽しくて、いつもより興奮しちゃうわぁ」

亜沙子が、なんとも嬉しそうにそんなことを口にする。

どうやら爆乳女教師は、「教えながらの性行為」に興奮を覚える性癖の持ち主のようである。

なんでも、教職になってからはフリーを続けているが、さすがに学生時代には何人かの男性と交際していたらしい。しかし、いずれも年上で他の女性との交際経験があったため、自身の性癖に気付かなかったようである。

生徒に教える立場に立つからと、年下は敬遠していたそうだが、彼女が「年下に教える」という行為に悦びを感じているのは間違いあるまい。おそらく、教職になったのもこの性癖と無関係ではないのだろう。

そんなことを漠然と考えつつ、奏太は彼女の秘部に指を這わせた。

すると、クチュリと蜜が絡みついてきて、同時に亜沙子が「んああっ！」と気持ちよさそうな声をこぼす。

「わっ。も、もう濡れて……」

彼女の秘裂が、既にかなりの潤いをしたためていたことに、奏太は驚きの声をあげていた。まだ触っていないのだから、ほとんど濡れていないだろうと思っていただけに、これは予想外のことである。

「奏太のオチ×ポを味わって、奏太にオッパイを愛撫されて、気持ちよくなっていたからよぉ。でも、オチ×ポを迎えるには、あと少し足りないのよねぇ」

と、女教師が優しい口調で教えてくれる。

奏太は充分に濡れていると思ったが、どうやら彼女の感覚ではこれくらいだと不充分なようだ。

「ねぇ？　オマ×コを舐めて。舌で、気持ちよくしてぇ」

亜沙子が、そんな新たなリクエストを口にした。

「な、舐め……ゴクッ。はい」

クンニリングスを求められた奏太は、生唾を呑み込みながら頷き、身体を起こした。

そして、彼女の足下へと移動し、足を広げて秘部を見つめる。

（お、オマ×コが……）

奏太は、眼前の光景にすっかり目を奪われていた。

前回は斜め下から見たため、ほんの少ししか見えなかった割れ目が、今回は全貌を露わにしている。

蜜をしたため、微《かす》かにヒクついているように見えるそこは、やや襞《ひだ》が剝《む》き出しになったりしていて、彼女の経験量がそれなりにあるのが一見して分かる気がした。ただ、その割には意外に狭そうで、ここに自分の分身が入るとはいささか信じられない気分だ。

「ねぇ、早く舐めてぇ」

そう女教師に促されて、ようやく我に返った奏太は、「は、はい」と慌てて顔を秘部に近づけた。

目と鼻の先まで来ると、少し強めの女性の匂いが鼻腔に流れ込んでくる。だが、それが今は興奮材料にしか思えない。

そんな昂りのまま、奏太は舌を出して秘裂に口をつけた。

途端に、亜沙子が「ああんっ！」と甘い声をあげてのけ反り、同時になんとも形容しがたい蜜の味が舌いっぱいに広がる。

(これが、愛液の味……えっと、舐めるといっても……とりあえず、割れ目に沿って舌を動かせばいいかな？)

そう考えた奏太は、我ながらぎこちないと思う舌使いで秘裂を舐めだした。

「レロ、レロ……」

「んあっ、あんっ、そうっ！　ああっ、舌ぁ！　んはあっ、いいわぁ！」

舌の動きに合わせて、女教師の口から艶めかしい嬌声がこぼれ出る。演技とは思えないので、ひとまずは感じてくれていると考えていいのだろう。

そのため、奏太はさらに蜜を舐め取るように舌を動かした。

「ピチャ、ピチャ……レロロ……」

「あんつ、そこぉ！　ふあっ、ああっ、奏太ぁ！　あんっ、割れ目ぇ、んくうっ、指で広げてぇ！　ああっ、内側もっ、はうっ、舐めてぇ！」

間もなく、亜沙子がそんな要求を口にした。どうやら、単調な刺激にもどかしさを堪えきれなくなったらしい。

クンニリングスの興奮で、半ば思考力が失われた状態だった奏太は、彼女の言葉に素直に従い、いったん口を離すと親指で秘裂を大きく割り開いた。

すると、シェルピンクの媚肉《びにく》が姿を現し、奥にしたためられていた蜜がトロリと溢れ出してくる。

それを見た奏太は、本能的に愛液を舐め取ろうと再びそこに舌を這わせた。

「レロ、じゅぶ……ンロ、ンロ……」

「ああーっ！　そうっ、きゃうっ、それぇ！　あんっ、感じるぅ！　はああっ、いいのぉ！　あんっ、ああっ……！」

女教師が、先ほどまでより甲高い声を部屋に響かせる。

同時に、秘部の奥から新たな蜜がトクトクと流れ出してきた。その粘度も、心なしか増している気がする。

そうして、奏太がミルクを与えられた子犬のように、夢中になってそこを舐めて愛液を味わっていると、

「んああっ、もう我慢できない！　はううっ、奏太っ、あんっ、オチ×ポッ、あううっ、挿れてぇ！　ああっ、早くっ、きゃうんっ、いきり立ったのをっ、ああっ、わたしにちょうだぁい！」

と、遂に亜沙子が切羽詰まった声を張りあげた。

それを聞いた奏太も、ようやく愛撫をやめて身体を起こす。

正直、こちらも女性器に分身を挿入したいという牡の本能が、そろそろ限界まで高まっていて抑えるのが難しくなっていたのだ。その意味で、彼女の求めは渡りに船と言える。

奏太は、そのまま脚の間に身体を入れ、一物を割れ目にあてがった。

とはいえ、自ら挿れるのは初めてなので、さすがに緊張してそこで動きを止めてしまう。

（ほ、本当に挿入しちゃっていいのかな？）

ついつい、そんな不安めいた気持ちが湧いてきて、腰に力を入れることがためらわれた。

「ああ、これぇ。ねぇ？　早く、早く挿れてぇ」

こちらの心理を見抜いたのか、女教師が甘い声で促してくる。

(そうだ。どうせ、もう一度しちゃってるんだし)

と、ようやく意を決した奏太は、思い切ってそこに分身を押し込んだ。

すると、思っていた以上にあっさりと、ペニスが熱くぬめった中に入り込んでいく。

同時に亜沙子が、「はううん！」と悦びの声をあげた。

(ああ、この感じ……初めてのときと同じ、亜沙子さんのオマ×コだ。やっぱり、あれは夢じゃなかったんだな)

そんなことを感動混じりに考えつつ、奏太は肉棒を一分《いちぶ》の隙もないくらいまで奥へと押し込んだ。

「んあああっ！　はうう……やっぱり、このオチ×ポすごいわぁ。正常位でも、子宮まで届いてるのが、はっきり分かるぅ」

その陶酔したような言葉からも、彼女が奏太の肉茎を待ち望んでいたのが伝わってくる。

(だけど、このまま動いちゃっていいのかな？　というか、最初は小さめ？　それとも、いきなり思い切り？)

自分で挿入したのが初めてなので、そんな迷いが生じてしまい、奏太は次の行動に移れずにいた。

すると、女教師が濡れた目をこちらに向けてきた。

「ねえ、早く動いてぇ？　ズンズンって、奥をいっぱい突いてぇ」

艶めかしい表情でそんなことを言われては、これ以上の躊躇《ちゅうちょ》など必要あるまい。

そう考えた奏太は、彼女の腰を持ち上げると、本能の赴くままに抽送を開始した。

「んっ。あれ？　くっ」

しかし、動きだすなり奏太は困惑の声をあげていた。

何しろ、腰を引けば抜けそうになってしまい、そのため慌てて押し込む、という感じになって、スムーズな動きがまったくできないのである。

AV男優並みとは言わないまでも、せめてもう少しリズミカルに動きたいと思ったが、なかなか上手にできないのがもどかしい。

「あんっ、奏太？　最初は、奥に押し込むことだけに集中しなさいって、初めてのときに言ったでしょう？　聞いてなかったの？」

こちらがいったん動きを止めると、女教師がそんな注意をしてきた。

「す、すみません。亜沙子さんの中が気持ちよすぎて、全然頭に入っていませんでした」

「ああ。そう言われると、厳しいことが言えなくなっちゃうんだけど……ま、いいわ。とにかく、腰を引こうとは考えないこと。押し込むときに力を入れて、すぐに力を抜く感じで動かすの。そうすれば、初心者でもスムーズな動きができるはずよ。さあ、やってみて」

「分かりました。えっと……」

彼女のアドバイスを受けて、奏太は言われたとおりに抽送をやり直した。

「んっ、あっ、あんっ！　そうっ、あうっ、そんな感じぃ！　あんっ、あんっ、はううっ……！」

たちまち、亜沙子がリズミカルな喘ぎ声をこぼしだす。

（なるほど。これなら、確かに動きやすいな。それに、ちゃんとリズムができると、すごく気持ちいい！）

そんなことを思いながらピストン運動を続けていると、次第に動きに慣れてきて、今度は抑えが利かなくなってしまう。

奏太は、いつしか欲望のままにひたすら腰を振り続けていた。

「はうっ、あんっ、奥ぅ！　ひゃうっ、突き上げられてぇ！　きゃふうっ、すごっ、あうんっ！　はああっ、ああんっ、あっ、ひううっ……！」

女教師も、言葉を発する余裕がなくなってきたらしく、ただただ喘ぐだけになる。

「ひゃううっ、あううっ、奏太ぁ！　ああっ、わたしっ、あんっ、もうっ、ああっ、イキそうよぉ！」

間もなく、亜沙子が切羽詰まった声でそう訴えてきた。

実際、膣肉が射精を促すように蠢《うごめ》きを増しており、ペニスへの快感が増大している。

それによって、奏太の腰にも熱いモノが込み上げてきた。

「くうっ。僕も、そろそろ……」

「ああんっ、このままぁ！　あうっ、またっ、ああっ、中にっ、はううっ、熱いのっ、あううっ、いっぱいちょうだぁい！　奏太っ、キスしてぇ！　奏太っ、奏太ぁ！」

そう求められて、奏太は言われるまま彼女に唇を重ね、腰の動きを小刻みなものへと切り替える。

もはや、中出しのリスクがどうこうなどと気にする余裕もなく、ただ女教師の要求に従うことしか考えられない。

「んっ、んっ、んんっ……んむううううぅぅぅぅぅぅぅぅ!!」

とうとう、亜沙子が身体を強張らせて、くぐもった絶頂の声をあげた。

同時に膣肉が収縮して、その刺激で限界に達した奏太は、唇を重ねたまま「んむうっ」と呻き、動きを止めて彼女の中に出来たてのスペルマを注ぎ込んでいた。

4

「奏太さん、麻婆定食一丁、ラーメン一丁お願いします。ラーメン、都合三丁です！」

友美が、客席から声をかけてくる。

「了解。定食の青椒肉絲《チンジャオロースー》できたから、ライスの用意をよろしく」

「あ、はい。すぐにします」

奏太の指示に、女子大生が元気な声で応じる。

「ねえ？　早紀ちゃん、今日はいないみたいだけど、どうしたの？」

中華鍋からの青椒肉絲を皿に盛り付けていると、カウンター席に座ったばかりの中年の女性客が奏太に訊いてきた。

「今日は、母方のお祖父《じい》さんの十三回忌だそうです。友……福原さんがいなかったら、臨時休業にしていましたね」

危うく、いつもの癖で友美のことを「友美ちゃん」と言いそうになったものの、奏太は気を使いながらそう応じた。

自分にとっては初見《しょけん》の客だが、早紀のことを名に「ちゃん」付けで呼ぶということは、彼女は元常連なのだろう。そうであるなら、店の看板に傷をつけるような応対はできない。

「なんだ、そうだったの。わたし、少し離れたところに住んでいて、店主さんが生きていた頃はよく来ていたんだけどね。お店が再開したって聞いてはいたんだけど、都合がなかなか合わなくて……それで、やっと来てみたら早紀ちゃんがいないなんて、タイミングが悪かったわねぇ」

と、女性がボヤくように言った。

「ありがとうございます。いらしたことを、早紀さんに伝えておきましょうか？　えっと……」

「ああ、後藤《ごとう》よ。後藤って言えば、早紀ちゃんなら分かるわ。それにしても、知り合いから『ラーメンの味が店主さんそのもので本当にビックリした』って聞いたわよ。よく、スープを再現できたわねぇ？」

「ええ。苦労はしましたけど、レシピノートがあったおかげで、なんとかなりました。

ご期待を裏切らない味になっている、と自負しています」

「それは、期待しちゃうわよ。じゃあ、その自慢のラーメンをいただくわ」

「はい、かしこまりました。少々お待ちください！　友美ちゃん、カウンター三番、ご注文、ラーメン一丁いただきました！」

そんなやり取りをしてから、奏太は勢いで「友美ちゃん」と呼びながら、都合四丁になったラーメン作りに取りかかった。

後藤は、カウンターで奏太の調理姿を、興味深そうに眺めていた。そのことにこそばゆさを感じながらも、ひとまずは調理に専念する。

そうして、奏太はトッピングまで終えると、「お待たせしました」と彼女の前にラーメンを出した。

「へぇ、確かに見た目なんかは店主さんのラーメンそのものね。それにしても、キミは店主さんの甥っ子さんだっけ？　厨房で作業をしているときの後ろ姿が、なんだか亡くなった店主さんと被って見えたわ。さすがは親戚よねぇ」

後藤の感想に、平静を装《よそお》いながら「ありがとうございます」と頭を下げつつも、奏太は内心で少し焦《あせ》りを覚えていた。

（亜沙子さんにも、似たようなことを言われたっけなぁ）

奏太と二度目の関係を持ってからというもの、爆乳女教師は店に来るとカウンター席から奏太に熱い視線を送ってくるようになっていた。

さらには、酒を飲みながら早紀や友美の前で、「奏太の鍋振り姿、早紀さんの旦那さんに似ていて、意外と格好いいわよねぇ」などと、やたらと褒め言葉を口にするようになったのである。その様子が、好意を隠そうとしていないように感じられるのは、奏太の自意識過剰というわけではあるまい。

（亜沙子さん、僕の早紀さんへの気持ちに気付いていたのに……）

それでも二度目の関係を求めてきたのは、奏太のペニスをすっかり気に入ったからだ、という話だった。加えて、成績表付けや三年生の卒業式といった行事の山場を過ぎ、あとは修了式を待つばかりとなってプレッシャーから解放されたことも、性欲を抑えられなくなった一因だったらしい。

「ようするに、セックスフレンドを求めるような感覚よね」

二度目の行為のあと、女教師はそう言っていた。

教師も人間なので、異性が無性に欲しくなることがあっても不思議ではない。特に、彼女のように豊満な肉体の持ち主で男を知っていれば、ムラムラするのも仕方がない気はする。

ただ、二度目以降の亜沙子の視線や言動は、どうも「セックスフレンド」とドライに割り切ったものには思えないのだ。

(本当に、亜沙子さんは何を考えているんだろう?)

そんな疑問はあったが、さすがに問いただす度胸を奏太は持ち合わせていなかった。こういうことを堂々と訊けるような性格なら、つい先日まで真性童貞ではいなかっただろう。

そうして、二度の肉体関係を結んだ相手のことを思い出していると、自然に胸が高鳴ってきてしまう。

「奏太さん、麻婆定食、肉野菜定食、それぞれ一丁ずつお願いします! 麻婆、都合二丁です!」

という友美の声で、奏太はようやく我に返った。

「っと、はい! 麻婆、肉野菜、少々お待ちください!」

(イカン、イカン。今は、料理に集中だ)

なんとか動揺を抑えながら、奏太は新たな注文の処理に取りかかった。

(それにしても、友美ちゃんがいてくれて本当に助かったな)

今さらのように、そんな思いが心をよぎる。

さすがに、元はメイド喫茶で働いていただけあり、友美の明るくハキハキした接客は客の評判も上々だった。たまに、客の入店時に「お帰りなさいませ」と言ったり、客に対して「ご主人様」と言いそうになったり、といったことはあるが、それもまた愛嬌として受け入れられているのは、彼女の性格のなせる業《わざ》だと言えるだろう。

しかし、初めて友美と二人きりで店を切り盛りするというのは、なかなかに新鮮であり、また同時に戸惑いも禁じ得なかった。

（友美ちゃん、同い年なのに僕にも敬語で話すからなぁ）

年上の早紀や亜沙子に敬語を使うのは分かるが、小柄な女子大生は奏太に対しても敬語だった。本人曰《いわ》く、「同い年でも、この店では奏太さんが先輩ですから」とのことだが、いささか細かい点を気にしすぎているようには思う。もっとも、それも友美の美点かもしれないが。

そんなことを考えながら、奏太は手を動かし続けるのだった。

5

「ふう。やれやれ、やっと終わった」

十四時を過ぎ、最後の客が帰ると、奏太は出入り口の「営業中」の札を「準備中」にした。そうして、汗を拭うと思わず安堵の吐息をこぼれ出てしまう。

後藤のように、店の再開を知って来店してくれる客が少しずつ増え、また近所の人も来るようになって、特に土日のランチタイムは日を追うごとに忙しくなっていた。

正直、十二時から十三時頃は目が回りそうな慌ただしさで、早紀がいないのに店を開けたのを後悔しそうになったものである。

どうにか乗り切れたのは、やはり食堂の仕事に慣れた友美の働きが大きかった、と言えるだろう。もちろん、まだ早紀には及ばないが、よく気が利いて接客と調理のサポートをこなしてくれたので、慌ただしい時間には大いに助かった。

もっとも、今日店を開けることを提案したのは彼女自身なのだから、役に立たなかったら文句の一つも言いたくなっただろうが。

「お疲れさまでした、奏太さん。予想以上に、忙しくなっちゃいましたね？」

と、友美がテーブルを拭きながら声をかけてくる。

「うん。後藤さんみたいに、再開の噂を聞いて来た人もいたからね。今日、早紀さんが休みだったのは、ちょっと不運だったかな？」

「そうですね。でも、お客さんがみんな、奏太さんの料理を褒めていましたよね？」

「あはは……本当に、ありがたい話だよ」

小柄な女子大生の言葉に、奏太は頭を掻《か》きながら照れ笑いを浮かべていた。

後藤をはじめ、浩平の味を知る客は、奏太が作った料理を「亡くなった店主の味とそっくりだ」と褒めてくれた。やはり、町中華の命であるラーメンスープを再現し、味のベースがしっかりできたことが、とても大きかったと言えるだろう。

それから、奏太は女子大生従業員と共に客席や厨房の掃除を行なった。そのあとは、夜の営業に向けての仕込み作業に取りかかる。

友美も多少は手伝ってくれたが、彼女はもともとあまり料理をしないらしく、もっぱら材料を運んでくるなど、包丁を使わない雑務ばかりしていた。

（メイド喫茶で働いていた頃も、まかないやコンビニ弁当に頼った生活をしていた、って言っていたっけ。今日の営業を提案したのも、開店前の昼食が目当てだったのかも？）

その奏太の予想は、おそらくまるっきりの的外れというわけではあるまい。もちろん、昼のまかない目的というだけではなかろうが、女子大生の中で理由としてかなりの比重を占めていたのは、彼女の事情を鑑《かんが》みれば大いにあり得る。

そんなことを考えながらも、奏太は手を動かし続けて、一通りの作業を終わらせた。

「お疲れさま、友美ちゃん。今日の夜の営業は、いつもより遅い十八時半からにしたし、一休みしたらいったん家に帰る？」

奏太が、洗った手をタオルで拭きながらそう声をかけると、友美が真剣な目でこちらを見た。

「いえ、あの……その前に、奏太さんに訊きたいことがあるんですけど？」

「えっ？　何？」

彼女の唐突な言葉に、奏太は困惑を隠せずに聞き返す。

すると、女子大生は愛らしい顔に少し迷いの色を浮かべながらも、意を決したように口を開いた。

「えっと……亜沙子さんとは、内緒で交際しだしたんですか？」

「ほえっ!?　な、なんでそんなことを……？」

奏太は、思わず素《す》っ頓狂《とんきょう》な声をあげていた。

それと同時に、彼女に女教師との関係の変化を見抜かれていた事実に、愕然とせずにはいられない。

「だって、このところの奏太さんってば、亜沙子さんを妙に意識していたじゃないですか？　それに、亜沙子さんが奏太さんを見る目も、なんだかすごく熱っぽい感じになって、やたら褒めるようになったし。これは、何かあったとしか思えないですよ」

（ああ、やっぱり僕の態度が……それに、友美ちゃんも気付くくらい、最近の亜沙子さんの態度はあからさまだったか……というか、友美ちゃんの観察眼が鋭いのかな？）

友美の指摘に対し、奏太の脳裏をそんな思いがよぎる。

彼女は、経済学部経済学科の大学生だ。

経済学では、状況や情報の分析、判断、問題解決といった能力が求められる。そのため、友美は食費を節約できてお金も稼げて、さらにさまざまな対人スキルも磨けるメイド喫茶を、仕事先に選んだのだった。「浩々飯店」で働きだしたのも、自宅アパートから近くてまかない料理が出る、というのはもちろん大きいが、経済学的な観点から個人経営の店の営業状況や来店客の分析をしたかったからだ、と前に話していた。

なんでも、卒業論文のテーマにすることも考えているらしい。

そんな女子大生なので、観察眼が非常に磨かれていて、女教師の態度の変化に目ざとく気付いた可能性もあろう。

少なくとも、早紀からは亜沙子との関係について今のところ何も訊かれていないので、そちらは大丈夫だと信じたいところだ。

「それで、どうなんですか？　亜沙子さんと、お付き合いしているんですか？」

「いや、その、付き合っているわけじゃないけど……」

「それじゃあ、いったいどういうことなんですか？」

こちらの返答に、友美がさらに追い打ちをかけてくる。

予想外の彼女の追及に、奏太は言葉に詰まってしまった。

(うう。なんとか、誤魔化したいけど……)

そうは考えたものの、女子大生の真剣な眼差しを見ると、適当なことを言うのははばかられる気がする。

「えっと……エッチは、二回して……」

結局、どうにも言い訳が思いつかず、奏太はためらいつつも正直に打ち明けた。

その返答に、彼女が小さく息を呑む。交際はしていないが肉体関係を複数回持っていることに、そこまで驚く要素があったのだろうか？

「どうして、そんなことに？」

「あ〜っと……どうしてって、言われても……」

結局、弁解のしようがなくなった奏太は、爆乳女教師と関係を持つに至った経緯について、小柄な女子大生にザックリと説明した。

「……そういうことですか。恋愛感情というよりは、お互いの性欲が暴走した感じですねぇ」

話を聞き終えた友美が、いささか呆れたようにそんな感想を口にする。

実際、ほぼほぼそのとおりなので、奏太のほうは返す言葉がない。

しかし、てっきり罵倒されたり、白い目で見られたりするのではないか、と思っていただけに、彼女の薄めの反応は少々予想外のものだった。

「だとしたら、あたしのほうが……」

「あのー……友美ちゃん？」

女子大生が、何やら考え込んで独りごちだしたため、奏太はつい疑問の声をあげる。

すると、彼女が我に返って顔を上げた。

「あっ、ごめんなさい。えっと、亜沙子さんとの関係は理解しました。そのことを、早紀さんに話すつもりもありませんから」

「そうなんだ。よかった」

彼女の言葉に、奏太は胸を撫で下ろしていた。

女教師との件を義叔母に知られたら、いったいどんなことになってしまうのか、考えるのも恐ろしい。

もちろん、浩平の味を再現できるのが奏太しかいない以上、解雇される心配はあるまいが、一つ屋根の下で暮らすのが気まずくなるのは間違いないだろう。また、こちらが精神的な意味で「浩々飯店」で働きづらくなるのは確実だ。

もっとも、亜沙子も奏太も独身なので、早紀からは軽蔑などされずに、むしろ祝福されてしまうかもしれない。だが、それはそれで十歳上の未亡人にずっと思いを寄せてきた身としては、いささか辛いことになる。

そのため、義叔母が気付いていないのであれば、このまま乗り切っていきたい、と奏太は考えていた。したがって、友美が喋《しゃべ》る気がないのは僥倖《ぎょうこう》と言っていいだろう。

奏太がそんなことを思った矢先、愛らしい女子大生が改めて口を開いた。

「ただ、早紀さんに内緒にするなら……その、一つ条件があって……」

「何？　僕にできる範囲のことなら、なるべく応じてあげるけど？」

と奏太が訊くと、彼女は少し言い淀んでから、さらに言葉を続けた。

「それじゃあ……あたしとも、エッチしてください！」

「ほえっ？　な、何を言っているのさ、友美ちゃん⁉」

突拍子もない要求を口にされて、奏太は思わず素っ頓狂な声をあげていた。

友美がこのようなことを求めてくるとは、まったくの予想外である。

「だって、あたしも奏太さんとすれば、ようは共犯みたいになるじゃないですか？　そうしたら、あたしが早紀さんに亜沙子さんとのことを話す理由もなくなるし」

「それは、確かに……って、いやいや、でもだからって……」

　一瞬、彼女の言《げん》に納得しかけたが、奏太は慌ててそれを打ち消した。

　理屈としては理解できる気はするものの、これ以上、早紀以外の女性と、いわんや共に働く女子大生と関係を持つなど、道義的に許されないのではないか？

「えっと、あの、あたし、その、男の人とお付き合いしたことがなくて、エッチの経験はまったくないんですけど、奏太さんになら……うぅん、初めては奏太さんがいいんです！」

　こちらが混乱して固まっていると、そう言って友美が抱きついてきた。

　彼女は百五十三センチで、奏太とは二十センチほど身長差があるため、抱きつかれると顔が胸に埋まる形になる。

（と、友美ちゃんのオッパイの感触が、シャツとブラジャー越しにも分かる。それに、温かくて早紀さんや亜沙子さんとは違う匂いが……）

　そんな感想がついつい浮かぶと、牡の本能が当然のように刺激されてしまう。

　もちろん、セックスを求めてきた彼女の本心がよく分からないのに手を出していいのか、という戸惑いはあった。しかも、言葉を信じるなら処女なのだという。

おそらく、童貞の頃ならここまでされても手を出す勇気など湧かずに、なんだかんだと言って逃げ出していただろう。

だが、今の奏太は亜沙子とのセックスで、生の女性の肉体を知っていた。ましてや、女教師と二度目をして以降、女体に触れられず悶々としていたのである。いくら早紀への思いがあっても、欲求不満になっていたところでこのようにされては、我慢などできるはずがない。

それに、友美は身長と顔立ちのせいで実年齢よりかなり幼く見えるものの、整った容姿の持ち主である。もっとも、「美人」と言うよりは「美少女」と呼びたくなるのだが。

とはいえ、この同い年の女子大生が年上の早紀や亜沙子とはタイプこそ違えども、とても魅力的なのは間違いないし、心惹かれるものを感じていたのだ。

そう意識すると、欲望が理性を上回ってしまい、奏太は半ば本能的に彼女を抱きしめ返していた。

友美は、「あっ」と声をこぼして身体を強張らせたが、特に抵抗する素振りを見せない。

そこで奏太は、いったん女子大生から手を離した。そうして、今度は顎に手を当てて少し強引に彼女の顔を上向きにする。

「あの、奏太さ……んんっ!?」

奏太は、口を開きかけた友美の唇を奪って、その言葉を遮《さえぎ》った。

彼女のほうは、いっそう身体を硬直させたが、それ以上のことは何もない。実は嫌がっているなら、突き放そうとするなどの行動を取るだろうから、初めてを捧げるという覚悟は本物のようである。

（ううっ……友美ちゃん！）

唇を重ねながら、奏太は愛らしい女子大生を求める気持ちが高まるのを、いよいよ抑えられなくなっていた。

6

「ああっ、それぇ。んあっ、奏太さぁん。んっ、あんっ……」

中華食堂「浩々飯店」の控え室に、友美の可愛らしい喘ぎ声が響く。

今、奏太は畳に膝立ちし、上半身裸の女子大生の両胸を背後から揉みしだいていた。

彼女が初めてということもあり、力を入れすぎないように気をつけて揉んでいるのだが、愛撫に合わせてこぼれ出る声を聞いた限り、しっかりと快感を得ているようである。

(友美ちゃんのオッパイ、亜沙子さんよりは小さいけど、ちゃんと揉みごたえはあるし、弾力が強い感じだ。それに、肌がきめ細かくて手に吸いつくようだよ)

そんなことを思いながら、少し手の力を強めてみる。

「んはあっ！　奏太さぁん！　ああんっ、気持ちいいですぅ！　はうっ、あっ、あふうっ……！」

友美が、より大きな声で喘ぎ、流し目でこちらを見る。

(うっ。なんか、すごく色っぽい)

童顔の女子大生の意外な艶めかしさに、奏太の心臓が大きく飛び跳ねた。

前からは、友美が恥ずかしがったので後ろから揉むことにしたのだが、この体勢は正面からするよりもバストを愛撫しやすい。それに、喘ぎながら濡れた目でこちらを時折振り向いて見る彼女の表情に、正面から見るよりもエロティシズムが感じられる気がしてならなかった。これは、怪我《けが》の功名《こうみょう》と言えるだろう。

そこで奏太は、お椀《わん》型の乳房の頂点で存在感を増してきた突起を、両方とも摘まんだ。そして、コリコリと指を動かして刺激を与えだす。

「ひゃうんっ！　ああっ、ビリビリってぇ！　ああんっ、声っ、はううっ、出ちゃうぅ！　ああっ、恥ずかしいよぉ！」

丁寧語を使う余裕もなくなったらしく、友美がおとがいを反らしてそんな甲高い声をあげる。

（やっぱり、乳首は敏感なんだなぁ。それじゃあ、次は……）

と、奏太がいったん愛撫の手を止めると、女子大生が「んはあ……」と安堵の吐息をこぼす。

その隙を突いて、奏太は胸から手を離した。そうして、両手を彼女の下半身に移動させると、ズボンのベルトを外しだす。

「あっ。そ、奏太さん？」

友美が戸惑いの声をあげたが、それを無視してベルトを外し、さらにズボンのボタンも外してしまう。それから、ファスナーを開けて飾り気のない白いショーツを露わにした。

「あんっ。は、恥ずかしいですぅ」

と言って、女子大生が身じろぎをする。

しかし、奏太は構わず下着の上から秘部に指を這わせた。

途端に、友美が「きゃうんっ！」と甲高い声をあげてのけ反り、同時に指に微かな湿り気が伝わってきた。

「友美ちゃん、濡れてるね？」

「ああ、そんなこと、言わないでぇ……」

こちらの指摘に、彼女が消え入りそうな声でそう言って俯く。だが、そんな女子大生の姿が、なんとも煽情的に見えてならない。

「指、動かすよ？」

と声をかけてから、奏太は割れ目をなぞるように指を動かし、布越しに秘裂を愛《め》で始めた。

「ひゃうっ！　あんっ、そこぉ！　ああっ、こんなっ、きゃんっ、初めてぇ！　ああっ、はうう……！」

指の動きに合わせて、友美がすぐに喘ぎだす。どうやら、初めて男にされる愛撫ながらも、充分な快感を得ているらしい。

（それにしても、亜沙子さんと経験してなかったら、きっとどうしていいか分からなくなっていただろうなぁ）

愛撫をしながら、そんな思いが奏太の脳裏をよぎった。

もしも、童貞のまま友美からの誘惑を受け入れていたら、果たしてどうなっていただろうか？

おそらく、胸を揉んだりといった行為自体はできても、彼女を気遣う余裕もなく、ただ興奮のまま力任せにしていたに違いあるまい。それに、初体験の女子大生の不安を少しでも和《やわ》らげるため布越しに秘部を弄る、という発想も浮かばなかったはずだ。

これでは、気持ちよくさせることなどできなかっただろう。

ところが、たった二度とはいえ経験していたおかげで、処女の友美をリードする精神的な余裕ができたのだ。

その意味でも、女教師のレッスンが奏太にとって大きな影響をもたらしているのは間違いない。

「ああっ、そこぉ！　ひゃうっ、熱くなってぇ！　ああっ、ひううっ……！」

(おっ。パンツが、ますます濡れてきた)

奏太は、友美の喘ぎ声に艶めかしさが増してきたのと共に、ショーツがいっそう湿ってきたことに気付いた。これだけでも、布の内側がどうなっているのかは容易に想像がつく。

そこで奏太は、下着をかき分けて指を割れ目に直接這わせた。

すると、温かな蜜が指に絡みつき、同時に女子大生が「きゃうんっ！」と素っ頓狂な声をあげて身体を強張らせる。

が、奏太はそれを無視して指を秘裂に少し沈み込ませると、かき回すようにくちゅくちゅと音を立てるように動かし始めた。

「ひあんっ！　やっ、それぇ！　ああっ、はうっ、きゃふうっ、ああっ……！」

友美が、おとがいを反らして大声で喘ぐ。

「あんまり大声を出すと、さすがに外まで聞こえちゃうかもよ？」

愛撫を続けつつ、奏太は彼女の耳元で囁くように注意をした。

もちろん、この控え室ならば、部屋の位置的によほど大声を出さない限り、外まで声が届くことはあるまい。とはいえ、それも程度問題であって、百パーセント大丈夫という保証はないのだ。

しかし、声を出させないようにするなら指を止めればいいだけなのだが、そうする気にはならない。

「あんっ、でもぉ！　んああっ、こんなっ、ああっ、自分でするのと違ってっ、んはあっ、よすぎてぇ！　ああっ、我慢できないのぉ！　はううっ、ああっ……！」

友美が、小さく頭を振りながら、そんなことを口走る。

「手で口を塞《ふさ》いだら？　そうしたら、かなり抑えられると思うよ？」

そうアドバイスをすると、彼女は「あっ」と声をあげて、すぐに己の手の甲を口につけた。

こんなことも思い浮かばなかったのは、やはり初体験の戸惑いや緊張のせいなのだろうか？

「んんっ！　んむぅ！　んんっ、んんんっ……！」

口をどうにか塞いだことで、友美の喘ぎ声はすっかり収まった。

ただ、そうして懸命に声を殺す女子大生の姿が、牡の劣情をなんとも刺激してやまない。

ひとまず、外に声が届く心配がなくなったため、奏太は空いている手を再び乳房に這わせた。そして、秘部とふくらみを同時に揉みしだきつつ、さらにうなじも舐め回す。

「ンロ、ンロ……」

「んむむぅぅ！　んんんっ、んむっ、んふうううっ！　むふうっ、んんっ、んっ、うむむうぅぅ……！」

友美が、全身を震わせながらくぐもった喘ぎ声をこぼし続ける。

「んんっ、んっ、んっ……んむううううううぅぅぅぅぅ!!」

不意に、友美がおとがいを反らして声をあげ、身体をビクビクと痙攣《けいれん》させた。それと共に、蜜の量が一気に増して指とショーツをしとどに濡らす。

(うわっ。これって、イッたんだよな?)

そう思いながら、奏太は愛撫の手を止めて彼女から手を離した。

すると、虚脱した女子大生が口から手を離し、「ふあああぁ……」と大きな吐息を漏らしながら前のめりになって畳に手をついた。

「ふはあ……はぁ、はぁ、イッたぁ。イッちゃったぁ……奏太さんに、イカされちゃったぁ……」

友美が独りごちるように、そんなことを言う。

ただ、その表情が満足げなのは、決して見間違いではあるまい。

(くうっ! もう我慢できない!)

彼女の姿に欲望を抑えられなくなった奏太は、放心した女子大生を横目にティッシュで指の愛液を拭い取った。そうして、ズボンとパンツをいそいそと脱いで一物を露わにする。

「ふえ？　えっ？　そ、それが、大きくなったオチ×チン……？」

朦朧《もうろう》とした様子でこちらを見た友美が、モノを目にした途端、驚いた様子でそう口にする。

勃起した肉棒を生で見たのは初めてなので、さすがにその大きさに戸惑っているのだろう。

いわんや、亜沙子曰く奏太のペニスはかなり大きいようなので、初見では困惑して当然かもしれない。

（さて、友美ちゃんのオマ×コの濡れ具合からして、準備は充分にできているだろうし、気持ちとしてはすぐにでも挿入したいんだけど……このましたら、こっちがあっさりイッちゃいそうなんだよなぁ）

処女の膣内がどんなものかは、経験がないので想像がつかない。しかし、かなりキツイであろうことは、なんとなく予想できる。

この状態の一物を狭い膣道に挿入し、ピストン運動をしたらいったいどうなるか？　たちまち耐えきれなくなって達してしまうのは、まず間違いないところだ。

（だとすると、先に一発抜いておきたいけど、初めての友美ちゃんにフェラを頼むのは気が引けるんだよな。どうしよう？）

そんなことを思ってためらっていると、彼女のほうがおずおずと口を開いた。

「あの……奏太さんのオチ×チン、すごく苦しそうで……あ、あたしが先にお口でしてあげたほうがいい……でしょうか？」

「えっ？　いいの？」

まさか、処女の女子大生からフェラチオの申し出があるとは思わず、奏太は驚いて聞き返していた。

「は、はい。その……そういう行為があるのは、知っていますから……ただ、やり方がよく分からなくて……」

と、友美が申し訳なさそうに言う。

どうやら、「フェラチオ」自体は知識として知っているものの、そのやり方までは知らなかったらしい。いや、初体験の緊張で詳細を思い出す余裕がないのだろう。

とはいえ、これを相手から切りだしてきたのは、実に好都合である。拒む理由など、まったくない。

「それじゃあ、僕の前に来て。まずは、チ×ポを握ってくれるかな？」

奏太が、立ったままそう指示を出すと、女子大生は「は、はい」と応じて前に跪いた。そうして、おっかなびっくりという様子で手を伸ばしてくる。

そんな態度が、なんとも初々《ういうい》しく、愛おしく思えてならない。

間もなく、友美の小さめの手が一物を包み込んだ。

「わっ、すごい。熱くて、硬くて……これが、本物のオチ×チン……」

と、女子大生が感想を口にする。

「そうだよ。じゃあ、次は手で竿を軽くしごいてみて」

奏太が新たな指示を出すと、彼女は「はい」と応じて、恐る恐る手を動かしだした。

「ああ。それ、いいよ」

一物から、少しもどかしい快電流が発生して、奏太はそう口にしていた。

当然の如く、友美の手つきはなんともぎこちなく、単に「しごく」という行為だけでも亜沙子のテクニックとは比べるべくもない。

しかし、彼女が初めてしていると分かっているだけに、経験が豊富だった女教師にされたときにはなかった感動と妙な興奮が、心地よさに結びついている気がしてならなかった。

（おや？　友美ちゃんの様子が……）

しばらく行為を続けさせているうちに、奏太は女子大生に変化が生じたことに気がついた。

いつの間にか、彼女は一物を愛おしそうに見つめて、その手つきからも羞恥の色が消えて情熱すら感じられるようになっている。どうやら、そろそろペニスへの羞恥心や抵抗感がなくなってきたらしい。

「友美ちゃん、手を止めて。今度は、チ×ポの先っぽを舐めてもらえるかな?」

次の段階に進んで大丈夫と判断した奏太は、新たなリクエストを口にした。

「えっ? あっ……は、はい」

しごく行為に熱中していた友美は、いったん手を止め、こちらの指示に少し困惑した様子を見せながらも、素直に首を縦に振る。

それから彼女は、ゆっくりと口を亀頭に接近させた。

未成年にしか見えない童顔女性が、肉棒に顔を近づけるその姿が、牡の背徳感をやけに刺激する。

「んっ。レロ……」

「くうっ、それっ」

一舐めされた途端、鮮烈な性電気が発生して、奏太は思わず声を漏らしていた。

軽く舐められただけで、これほどの快感が生じるのは、少々想定外の事態と言わざるを得ない。

「あっ。これでも、気持ちよかったんですね？　それじゃあ……レロ、レロ、チロ、ンロ……」

こちらの反応に気をよくしたらしく、友美が先端部を熱心に舐め回しだした。

(くおっ！　テクニックはあんまりないけど、これはこれでいいっ！)

愛らしい女子大生の奉仕に、奏太はなんとも言えない気持ちよさを感じていた。

当然、巧みさという点で彼女のそれは、亜沙子の足下にも及んでいない。しかし、初心者故のぎこちなさが、慣れた行為とは異なる心地よさと興奮を生みだしている気がしてならなかった。

「ううっ、気持ちいいっ。友美ちゃん、次はチ×ポを咥えてよ」

奏太がそう言うと、彼女はいったん一物から舌を離した。

「ふはあ。咥え……分かりました。あーん」

友美は、催眠術にでもかかったかのようにまったく抵抗する素振りも見せず、口を大きく開けた。そうして、ペニスの角度を変えると、恐る恐るという感じで亀頭を口に含んでいく。

するると、先端が生温かな口内に入っていくのが、はっきりと感じられる。

彼女は、ゆっくりと肉棒を咥えていった。しかし、竿の半分ほどで「んぐっ」と苦しげな声を漏らして動きを止めてしまう。

亜沙子と比べるとかなり浅いが、女子大生は初めて男性器を口に入れたのだから、これくらいが限界なのも仕方があるまい。

それでも、彼女はなんとかもっと深く咥えようと考えているようだった。

「ああ、無理をしなくていいよ。次は、苦しくない範囲でゆっくり顔を動かしてみて。あっ、チ×ポに歯を立てないように気をつけてね」

奏太は、口内の心地よさに酔いしれつつ、慌ててそう指示を出す。

すると友美は、「んっ」と安堵したような声を漏らして呼吸を整えた。それから、言われたとおりに小さく緩慢なストロークを開始する。

「んっ……んっ……んむ……んぐ……」

「くおっ。気持ちいいよ！」

行為が始まるのと同時にもたらされた性電気の予想外の強さに、奏太は思わずそう口走っていた。

当然、彼女の動き自体は、テクニック的にも動きの大きさ的にも亜沙子の足下にも及ばないくらい稚拙である。しかし、その初々しいぎこちなさが、むしろ牡の本能を著しく刺激し、快感を増幅している気がしてならない。

（それに、亜沙子さんとしたときはほぼ言われるままにしていたけど、今は僕のほうが指示を出して……これも、すごく興奮する！）

女教師が、年下で経験が浅い奏太に「教える」セックスを気に入ったのも、同じような経験をしてみると納得がいく気がした。

まるで、相手を自分色に染めているようなこの感覚は、向こうの経験値が上では絶対に味わえないものだ、と言っていいだろう。

「んっ、んむっ、んっ、んんっ……」

一方の友美は、初めての行為にすっかり熱中しているようだった。

顔の動きが次第にスムーズになり、少しずつだが大きくなってきている気がするのも、決して勘違いというわけではあるまい。

（ああ……これ、とっても興奮できて……ああっ、ヤバイ！　もう出そうだ！）

下腹部に熱が急速に込み上げてくるのを感じて、奏太は焦りを覚えずにはいられなかった。

まさか、初フェラチオの女子大生のぎこちないストロークで、こうもあっさり達しそうになるとは、いささか予想外と言わざるを得ない。

「くうっ。と、友美ちゃん！　僕……はううっ！」

奏太が、ペニスを口から出すように指示を出そうとした瞬間、故意か偶然か彼女の舌が先端部にまとわりつき、鮮烈な刺激がもたらされた。

おかげであえなく限界に達した奏太は、言葉の途中で呻くなり、友美の口内にスペルマをぶちまけていた。

「んんんんんんっ!?」

女子大生が、肉棒を咥えたまま目を白黒させて動きを止める。

そんな彼女の姿に、奏太は征服欲が激しく刺激されて、新たな興奮が湧き上がってくるのを抑えられなかった。

7

「ゲホッ、ゲホッ……うう、少し喉に入っちゃいましたぁ」

精液を畳に吐き出した友美が、そう言いながら涙目でこちらを恨めしそうに見た。

さすがに、初めてなのに不意打ちの口内射精を食らっては、精飲する余裕などなかったらしい。

畳の精液は、シミにならないようにあとでしっかり拭き取る必要があるだろう。

「ゴメン。口を離すように言おうとしたんだけど、気持ちよすぎて我慢できなかったんだ」

と、奏太が頭を下げると、女子大生は目を丸くして息を呑んだ。そして、すぐに表情を崩した。

「気持ちよかった……そっかぁ。よかったぁ。それなら、仕方ないですねぇ。許してあげます」

やけに機嫌がよさそうなその言葉や、照れくさそうな笑みを見る限り、不意打ち口内射精に対する怒りは収まったらしい。

「んっ……奏太さぁん。あたし、お腹の奥、子宮のあたりが熱くて、なんだか疼《うず》いちゃってぇ……奏太さんのオチ×チンが欲しくて、たまらないですぅ」

すぐに友美がそう言って、まだ硬度を保ったままの肉茎を濡れた目で見つめる。どうやら、愛撫とフェラチオのせいで、すっかり牝《めす》の本能が目覚めてしまったようだ。

もっとも、こちらも彼女への欲求が抗えないほどに高まっていたので、この求めはまさに渡りに船と言える。

我慢できなくなった奏太は、「友美ちゃん！」と女子大生を畳に押し倒した。

彼女は、「あっ」と驚きの声を漏らしたものの、特に抵抗はしない。

その様子を見て、奏太は彼女のズボンとショーツを一気に脚から抜いて、その下半身を露わにした。そうして、脱がしたモノを傍らに置いてから脚をM字に広げ、秘部を見つめる。

亜沙子と違って男を知らない秘裂は、陰茎の挿入を拒むように口を閉ざしている。しかし、割れ目からは蜜がしとどに溢れ出しており、男を迎える準備をしっかりと整えていた。それが、薄めの恥毛の存在も相まって、なんとも淫靡《いんび》な雰囲気を醸《かも》し出している。

その初々しさと淫らさのギャップが、経験豊富な相手では決して感じられない興奮に繋がっている気がしてならない。

奏太は、荒ぶりそうな気持ちをどうにか抑えながら、一物を握って角度を調整して、秘裂に先端をあてがった。

すると、ギュッと目を閉じた友美が「あんっ」と小さな声を漏らし、身体を強張らせた。それだけでも、彼女が相当に緊張しているのが伝わってくる。

「挿れるよ？」

と声をかけると、女子大生が目を閉じたまま小さく首を縦に振る。

そこで、奏太は口を閉じている陰唇に分身を押し込んだ。すると、意外なくらい簡単に先端が中に入り込んでいく。

「んあぁっ！　入ってきたぁ！」

挿入を感じた友美が、そんな甲高い声をあげる。

構わず先に進むと、すぐに女教師のときにはなかった抵抗を感じて、奏太はいったん動きを止めた。

そこが処女膜なのは、いちいち考えるまでもあるまい。

（この先に進んだら、正真正銘、僕が友美ちゃんの初めての男になるんだ……）

そう考えると、さすがにこちらも緊張せずにはいられなかった。

だが、興奮のせいか躊躇の気持ちは自分でも意外なくらい湧いてこない。

何より、これは無理矢理ではなく、友美自身が望んでしていることなのだ。ここで中断するほうが、かえって彼女を傷つけかねない。

そう割り切った奏太は、思い切って腰に力を込めた。

すると、繊維をちぎるような感触が先端からもたらされ、同時に女子大生が「んあああっ！」と文字通り絹を裂くような悲鳴をあげる。

しかし、奏太は構わず先に進んだ。そうして、彼女の股間に下腹部がぶつかってこれ以上は進めなくなったところで、いったん動きを止める。

「ふはあああ……い、痛いぃぃ……お腹の奥まで、熱くて硬いのが入ってぇ……苦しいよぉ」

友美が、涙を流しながら苦悶に満ちた声でそんなことを口にする。

「大丈夫、友美ちゃん？」

奏太が声をかけると、彼女はようやくこちらを見た。

「あ、はい……痛くて苦しいけど……今、とっても幸せですぅ」

と応じて笑みを浮かべた女子大生は、さすがにかなり無理をしている様子だった。

が、それでも心から喜んでいるようだということが、奏太にも伝わってくる。

（ひとまずは、よかった……のかな？　それにしても、やっぱり亜沙子さんと比べるとオマ×コの中が狭い）

奏太は安堵するのと同時に、膣内の感触に戸惑いを覚えずにはいられなかった。

初めて男性器を受け入れたそこは、異物を排除しようとするかのように分身にキツくまとわりついてくる。しかし、それがジッとしていても肉棒に快感をもたらしてくれるのだ。

おかげで、思い切りピストン運動をしたい、という欲求が心の奥底から湧き上がってくる。

（だけど、このまま動いちゃっていいのかな？　亜沙子さんは経験者だから、すぐにできたけど、初めてだと擦れたら痛そうだし……）

実際、結合部からは赤い物が筋を作って流れ出しており、いささか痛々しかった。これを見ては、いくら本能が抽送を求めても、躊躇せざるを得ない。

「んあ……奏太さん、動いていいですよぉ。あたし、我慢しますからぁ」

こちらの迷いを察したらしく、友美があからさまに無理をした笑みを浮かべて言う。

「いや、それは……できれば、友美ちゃんにもきちんと感じてもらいたいんだ」

奏太の返事に、彼女が目を丸くして、それから安堵したような表情を見せた。

「ありがとうございます。本音を言うと、激しくされたら辛いかなとは思っていて。でも、小さく動かれるんなら大丈夫かも、という感じはしています」

「小さく……分かったよ。やってみるから、辛かったら遠慮なく言ってね？」

そう言って、奏太は小柄な女子大生の腰を持ち上げた。そして、亜沙子としたときのことを思い出しつつ、押しつけるような動きだけで抽送を開始する。

「くうっ。んっ、あんっ、つぅっ……つくあっ、んあっ、これくらいっ、あんっ、平気っ、んんっ、かもぉ。あんっ、オチ×チンッ、あうっ、奥っ、んあっ、来てるのぉ、はううっ、分かるぅ。はんっ、あううっ……」

控えめなピストン運動に合わせて、友美が喘ぎながらそんなことを口にする。

表情を見ても、無理をしている様子はまったくない。

(どうやら、これくらいなら問題なさそうだな)

そう判断した奏太は、なるべく一定のリズムを保ちながら、小さな抽送をひたすら続けた。

いったい、どれくらいそうしていたか、やがて女子大生の喘ぎ声のトーンに少しずつ変化が生じ始めた。

「んあっ、あんっ……ふあっ、ああっ、熱くぅ！　あううっ、はうっ、んあっ、あああんっ……！」

彼女の声からは、苦しげな様子がすっかり消え、淫靡な熱が感じられるようになってきている。それに表情も和らぎ、快感にドップリと浸っているのが、奏太にも伝わってくる。

「もう少し、強くしてもいいかな？」

抽送を続けながらそう訊くと、女子大生が目を開けてこちらを見た。

「んあっ、はいぃぃ！　ああんっ、大丈夫ですぅ！　はああっ、あたしもっ、んあっ、もっとぉ！　あんっ、して欲しいってっ、はううっ、思っていたのぉ！」

喘ぎながらの彼女の返答を受け、奏太は腰の動きをこれまでよりも大きくした。

「んはあぁっ！　奥ぅぅ！　ひゃんっ、来てるぅ！　あううっ、これがっ、はあんっ、セックスぅ！　ああっ、きゃふうっ、いいぃぃ！　はあぁっ、あぁっ、んああっ、ひううっ……！」

すぐに、友美が甲高くも甘い喘ぎ声を室内に響かせる。

その声と、結合部から溢れる潤滑油の量を鑑みた限り、もはや破瓜《はか》の痛みを気にする必要もなさそうだ。

（ううっ。こっちも、もう我慢できない！）

欲望を抑えきれなくなった奏太は、いったん抽送を止めると、女子大生の腰から手を離した。そして、今度は彼女の足首を摑んで脚をV字に持ち上げ、叩きつけるようなピストン運動を行なう。

「ひあああっ！　奥ぅぅ！　あうううっ、これぇぇ！　きゃふうっ、しゅっ、ああっ、しゅごいよぉ！　ひゃううっ、ああっ、はあああんっ……！」

少々荒々しいかと思った動きだったが、彼女はそれすらもしっかり受け止めて喘ぎ声をあげていた。痛みがまったくない、ということはなかろうが、既に快感が大幅に上回って気にならなくなっているのだろう。

（くうっ。友美ちゃんのオマ×コの中、チ×ポを締めつけてきて、すごくいいっ！）

奏太は、抽送で一物からもたらされる気持ちよさに、すっかり酔いしれていた。

彼女の膣肉の感触は、絡みついてくるような亜沙子の中とは感触が明らかに異なる。

それでも、心地よさに関しては甲乙つけがたい。いや、どちらもいいのだから、わざわざ比べる必要などあるまい。

しかも、合法ロリと言うほどではないが、未成年に見える相手とのセックスで、処女をもらったのである。これは、見た目からアダルトで性経験も豊富な爆乳女教師との行為では絶対に味わえない優越感と征服感だ、と言えるだろう。

そんな荒ぶる心のまま、奏太はひたすら腰を振り続けた。

畳に愛液がこぼれて、既にできているシミをいっそう大きくしていたが、そのことも今は興奮材料にしかならない。

そうしていると、間もなく陰嚢から竿に向かって、熱が駆け上がりだすのが感じられた。

「くうっ。友美ちゃん、僕、そろそろ出そう……抜くよ？」

「んああっ、あんっ、駄目ぇ！　はううっ、中につ、あんっ、このままぁ！　ああっ、あたしもっ、はああっ、イキそう！」

奏太の訴えを、友美が喘ぎながらも即座に却下する。

（と、友美ちゃんにも中出しって……いいのか？）

そんな躊躇の気持ちが湧いてきたが、彼女の望みを無下《むげ》にするのも気が引ける。

ただ、既にカウントダウンが進んでいるため、あれこれと考えを巡らす余裕はない。

（ええい！　友美ちゃんがいいって言ったんだから！）

と、開き直った奏太は、そのまま腰の動きを速めた。

「あっ、ああっ、それぇ！　はふうっ、あたしもっ、あんっ、イクッ、はうっ、イクッ、イクううぅぅぅ！　はあああああぁぁぁぁぁぁぁぁぁぁぁん!!」

とうとう、先に女子大生がのけ反って絶頂の声を張りあげる。

同時に膣肉が妖しく蠢き、その刺激で限界を迎えた奏太は、彼女の中に出来たてのスペルマを注ぎ込んでいた。

第三章　乱れ喘ぐ中華ドレス未亡人

1

「瓶ビール一本とウーロンハイ、いただきました！　奏太さん、単品で麻婆豆腐と肉野菜炒めを一丁ずつ、お願いします！」

友美の元気な声が、夜の「浩々飯店」の店内に響く。

「奏太くん、こっちも単品で麻婆豆腐をお願い。麻婆、都合二丁でよろしくね」

と、早紀もカウンター越しに声をかけてくる。

奏太は、二人からのオーダーに「了解です」と応じながら、なんとも言えない居心地の悪さを感じずにはいられなかった。

友美と関係を持ち、処女を捧げてもらってから既に四日目。小柄な女子大生は、翌日から表面的には以前と変わらない素振りで仕事に励んでいた。さすがに、翌日の日曜日は少し歩きにくそうにしている感じもあったが、昨日と今日は普通に働いていて違和感はまったく感じさせない。

もちろん、恋人気取りでベタベタされたら困るので、何もなかった素振りをしてくれるのはありがたいと言える。

ただ、彼女が時折、手を止めてはこちらに熱い眼差しを向けてきていることに、奏太は気付いていた。

やはり、自分が処女を捧げた男をまるっきり意識せずにいる、というわけにはいかないらしい。

（もっとも、それは僕のほうも同じだけど……亜沙子さんとエッチしただけでも気まずい感じなのに、友美ちゃんまで……おまけに、処女をもらっちゃったからなぁ）

肉野菜炒めを作るため手を動かしながらも、奏太はついつい物思いに耽っていた。

友美は、初体験のあと「あたし、奏太さんが好きだから、初めてをあげられてとっても嬉しかったです」と言ってくれた。

なんでも、彼女は厨房で真剣に鍋を振る奏太の姿に、いつしか心惹かれるようになったらしい。しかし、こちらが早紀に思いを寄せていることにも気付いており、本当なら自分の気持ちを隠し通すつもりだったそうである。

だが、奏太が亜沙子と関係を持ち、それが恋愛感情とは異なる理由からだと知ったとき、己の恋心を抑えきれなくなった、という話だった。

もっとも、女子大生からこのように思いを伝えられても、奏太のほうは困惑するしかなかったのだが。

何しろ、女子に告白された経験など、ここまでの人生で一度もないのだから、戸惑うなと言うほうが無理だろう。ましてや、処女をもらってしまったのだ。

（まったく、自分がここまで節操なしだとは思わなかったよ……）

強く迫られると、どうしても欲望に負けてしまう己の優柔不断さと性欲の堪え性のなさは、経験してみて知った自身の意外な一面ではあった。ただ、それだけにどうにも情けなさと恨めしさを感じずにはいられない。

もちろん、友美は「処女をあげたのは、あたしがそうしたかったからだし、奏太さんは気にしないでください」と言ってくれた。しかし、奏太はそれでスッパリ割り切れるような性格ではない。

可愛らしい従業員の、初めての男になった責任の重さを考えると、早紀への淡い思いを今までどおりに貫《つらぬ》くことなど、とてもできそうになかった。

とはいえ、それでは若き義叔母をスッパリ諦めて友美と付き合うべきかと言えば、それもまた何か違う気がする。

確かに、彼女は小柄で可愛く、明るく気が利いてとてもいい子だ。正直、早紀への思いがなければ好意を受け入れて交際してもいい、と思える相手なのは間違いない。

だが、今の段階で交際を申し込んだとしても、処女をもらった責任感で言っているだけ、と思われてしまうだろう。実際、そういう面が否めない以上、やはり義叔母との関係、さらには亜沙子との関係にきちんと整理をつけないと、同い年の女子大生とのことも結論を出せそうにない。

（とはいえ、それが難しいから、こんなに悩んでいるんだけど……）

こうして同じ空間で仕事をしていると、そんな思いが頭をグルグルと巡って、思考が行き詰まってしまうのだ。

「奏太くん、焦げてる！」

不意に、早紀のそんな叫び声がして、奏太は我に返った。

慌てて手元を見ると、中華鍋で炒めていた豚肉から、黒い煙が出ている。

肉野菜炒めは、肉全体に火が通ったところでいったん取り出し、野菜を炒めてから中華鍋に戻すのが、上手に仕上げるコツである。しかし、物思いに耽っている間にその段階を大幅に過ぎて、肉が炭化するくらい焦げてしまったのだ。

「うわっ。しまった！」

奏太は、慌てて中華鍋を火から下ろした。だが、肉が炭化してしまうと油に味が移ってしまうので、これは最初からやり直すしかない。

「奏太くん？　最近、どうしたの？　なんだか、イマイチ調理に集中できてないみたいだけど、厨房に慣れてきて気持ちがたるんでいるんじゃない？」

と、普段は温厚で声を荒らげることのない早紀が、珍しく厳しめの口調で注意をしてくる。

「す、すみません。ちょっと、考えごとをしていたもんで……」

「まったく。火を使っているんだから、ちゃんと集中しないと駄目じゃないの。しっかりしてよね」

頭を下げた奏太に、早紀がさらに厳しい言葉を投げかけてきた。

それに対して、奏太のほうは返答できずに俯くしかなかった。

実際、このところ仕事に慣れてきて、心にやや余裕が生まれていたのは間違いない。それ故に、調理中についつい余計なことを考えてしまったのである。

「奏太さん、大丈夫ですか？　どうかしました？」

と、今度は友美が心配そうに声をかけてくる。

「い、いや、なんでもないよ。ちょっと考えごとをしていたら、肉を焦がしちゃって……もう平気だから、気にしないでいいよ」

奏太は、なんとか動揺を抑えながらそう応じて、彼女から目をそらした。

さすがに、「キミの処女をもらった責任を、どう取るべきか考えていた」などと言えるはずがない。

そんな奏太に、友美が複雑そうな表情を見せた。

優れた観察眼を持つ女子大生なので、もしかしたらこちらの思考を敏感に察したのかもしれない。

しかし、彼女はそれ以上何も言わず、「集中して頑張りましょう」と言って、自分の仕事に戻っていった。

(そうだな。今は、目の前の仕事に専念しなきゃ)

早紀に注意されたとおり、厨房は火を使う場所である。今回は、肉を焦がしただけで済んだが、失敗すれば自身が火傷《やけど》を負う、最悪の場合は火事を出してしまう危険性もあるのだ。集中力を欠いたまま、立っていいところではない。

そう考えて、どうにか気持ちを切り替えた奏太は、改めて肉野菜炒めを作りだすのだった。

2

毎週水曜日は、「浩々飯店」の定休日である。

早紀は、県内のI市に引っ越した高校時代の友人の新居に招待されたとのことで、十時前に車で出かけてしまった。そのため、奏太は店に一人になったが、それでも厨房で料理の練習に取り組んでいた。

(昨日は、早紀さんと友美ちゃんに迷惑をかけちゃったからな。二度とあんなことがないように、もっと練習して手順や分量を身体にしっかり覚えこまさないと)

と気持ちを奮い立たせて、ひたすら鍋を振る。

そうして、昨日失敗した肉野菜炒めを作り、カウンター席に座って味をチェックしていると、不意に出入り口のガラス戸がノックされた。

入れた暖簾を内側にかけているため、姿はまったく見えないが、誰かが来たのは間違いない。

「いったい誰だろう？　すみません、今日は定休日で……」

と、暖簾をかき分けてみると、そこには膝下まであるモカ色のロングコート姿で、トートバッグを手にした友美が立っていた。

「と、友美ちゃん？」

せっかく、余計なことを考えずに肉野菜炒めを作れたというのに、心を乱す原因になった相手の登場に、奏太の心臓が大きく飛び跳ねた。

できれば、今日一日は彼女と顔を合わせずに料理の練習に専念したかった、というのが本音である。

とはいえ、こうして視線がバッティングしてしまっては、今さら居留守を使うこともできない。

やむを得ず、奏太は出入り口の鍵を開けた。

「や、やあ。今日は定休日なのに、どうしたの？」

「えっと、奏太さんこそ、お休みなのに厨房で練習ですか？　あ、中に入っても？」

「うん、いいよ。昨日、大失敗しちゃったからね。初心に返って、しっかり練習しようと思ってさ」

店内に招き入れつつ、どうにか平静を装いながら友美の問いかけに答える。

「その、昨日のことって、やっぱりあたしが初めてをあげたり、『好き』って言ったりしたせい、ですよね？　奏太さんが、そんなに悩むなんて思ってなかったから……

なんだか、ごめんなさい」

と、小柄な女子大生が頭を下げた。

「いや、その……僕のほうこそ、なんか余計な心配をかけちゃったみたいで……」

そう応じて、奏太は頭を掻いた。

本来、早紀への確固たる思いを持っていれば、友美の告白や誘惑、それに亜沙子の誘いも拒めただろう。しかし奏太は、十歳上の義叔母に対する気持ちが果たして本当に恋慕の情なのか、それとも単なる憧憬《しょうけい》に過ぎないのか、自分自身でも結論を出せていなかった。

そんな中途半端な気持ちのせいで、魅力的な美女から求められると性欲を我慢できなくなってしまうのである。

このような自分の心の弱さを、ここ数日はしみじみと痛感していた。

「って、それよりも今日はどうしたのさ？」

奏太が、切り替えるように改めて訊くと、友美はこちらに向き直った。そして、コートのボタンを上から外していく。

そうして、中から現れた彼女の服装に、奏太は目を大きく見開いて、「なっ……」

と絶句するしかなかった。

何しろ同い年の女子大生は、濃紺で衿《えり》と袖《そで》が白いバルーン袖の半袖衣装と膝上までのスカート、それに肩にフリルのついた白いエプロンという、可愛らしいメイド服姿だったのである。

「その……どうですか、この格好？」

と訊かれて、奏太はようやく我に返った。

「どうって……すごく可愛いけど、それはもしかして前に働いていた店の？」

「はい。本当は、持ち出しちゃ駄目だったんですけど、急に閉店した前日はお店の洗濯機が故障したから、自分の家で洗濯するようにって言われて、出勤していた子はみんな持ち帰っていたんです。今から思うと、店長がお給料を踏み倒すお詫びに制服を渡したのかな、という気もしますけど」

彼女のその言葉には、一理あるような気がした。

普通に考えれば、メイド喫茶の制服などもらっても仕方があるまい。しかし、ネットオークションなどに出せば、ちょっとしたお小遣い程度の金額にはなるだろう。あるいは、もっと別の使い道もあり得るかもしれない。

「なるほど……って、それはともかく、なんでその格好をしてきたの？」

「もう……まだ、分かりませんか？」

そう言いながら、友美がトートバッグから白いフリルのついたカチューシャを取り出して頭に装着する。これで、彼女は完全にメイド喫茶のメイド従業員の装いになったと言っていい。

しかし、「分かりませんか？」と訊かれても、予想外の出来事に混乱している奏太には、彼女の意図を見抜くことがまったくできなかった。

「奏太さん、ご奉仕させてください！」

メイド服姿の女子大生が、こちらににじり寄ってきてそんなことを口にする。

「へっ？　ええっ!?」

彼女の言葉に、奏太は驚きの声をあげていた。

まさか、友美がこんなことを言いだすとは予想外の事態である。

「あたし、奏太さんのオチ×チンにフェラをしたとき、なんだかものすごく嬉しくて、興奮しちゃって……きっとこの格好でご奉仕したら、もっと興奮できそうって思ったんです」

と、女子大生が恥ずかしそうに言葉を続けた。

どうやら、フェラチオがすっかり気に入ったらしい。

（いや、フェラそのものっていうより、「奉仕」することに悦びを感じていたのかも？）

その奏太の予想は、おそらくまるっきりの的外れとは言えまい。

しばらく一緒に働いていて、友美が接客を楽しんでいることには気付いていた。もしかしたら、「浩々飯店」で働く前にメイド喫茶をアルバイト先に選んだのも、彼女自身に自覚はなかったものの、その性癖が影響していたのではないだろうか？

「奏太さん……ううん、ご主人様はメイドのご奉仕、嫌いですか？」

続けて、女子大生からそう問われた奏太は、首を横に振っていた。

メイドに性的な奉仕をしてもらうというのは、男なら一度は憧れるシチュエーションだろう。たとえ、メイド喫茶の制服というコスプレ程度のものであっても、そんな男のロマンを実現できるチャンスを、みすみす拒めるはずがなかった。

3

「ンロ、ンロ……レロロ……」

「くうっ。友美ちゃん、すごっ……」

中華食堂「浩々飯店」の厨房に、友美の奉仕の音と奏太の喘ぎ声が響いていた。とはいえ、換気扇の音のおかげで、おそらく外に聞こえることはあるまい。

今、下半身を露わにしてシンクの縁《ふち》に手をついた奏太の足下に、メイド服姿の女子大生が跪き、熱心に一物を舐め回していた。

「ぷはっ。ご主人様、とっても気持ちよさそうですぅ」

ひとしきり肉棒を舐めた友美が、いったん舌を離し、童顔に似合わない妖艶な笑みを浮かべてそんなことを言う。

それから彼女は、「あーん」と口を開け、まったくためらう素振りもなく亀頭を口に含んだ。そうして、竿の四分の三ほどまで咥え込んだところで、「んんっ」と声を漏らして動きを止める。

「んっ……んむ、んむ、んぐ、んむむ……」

同い年の女子大生は呼吸を整えると、すぐにストロークを開始した。その動きは、初体験のときのぎこちなさが嘘のようにスムーズである。おまけに、奏太の指示を待たずに自ら行なっているのだ。

つい数日前は、指示を受けてから恐る恐るしていて、しかも肉棒の半分を咥えるのがやっとだったことを思うと、たった一度の経験から驚くべき進歩具合と言えるかもしれない。もしかしたら、これがメイド服を着た効果なのだろうか？

（ああ……それにしても、コスプレとはいえメイド姿の友美ちゃんが僕の前に跪いて、チ×ポに奉仕してくれているなんて……）

しかも、彼女はメイドらしさを出すために、今は奏太のことを「ご主人様」と呼んでくれているのだ。

こうしたことだけで、快楽の度合いが何割も増している気がしてならない。

（それに、友美ちゃん自身もやっぱり興奮しているみたいだな）

ペニスを咥え、ストロークに熱中している彼女の頬は紅潮して、その瞳もすっかり潤んで陰茎しか目に入っていないように見えた。それだけでも、女子大生の昂り具合が伝わってくる。

おそらく、自身でも言っていたとおりメイド服姿での奉仕に、普段着とは異なる興奮を覚えているのだろう。

「ふはあっ。チロ、チロ……」

友美は、一物を口から出すと、先端から出てきた先走り汁を舐め取りだした。

「はうっ！　そこはっ……あううっ！」

予想を超える性電気が生じて、奏太は我ながら情けない声をあげていた。

敏感な縦割れの唇を刺激されたこともあり、あっという間に射精感が湧き上がってくる。

「ああっ、友美ちゃんっ！　もう出る！　ヤバイよ！」

「ンロロ……ふはっ、いいですよぉ。今日は顔に出してくださぁい。ご主人様の熱いセーエキ、あたしにいっぱいかけてくださぁい」

いったん舌を離して、なんとも艶めかしく言うと、メイド服姿の女子大生は竿を手でしごきながら、尿道口に舌先をねじ込むようにしてカウパー氏腺液を舐めだした。

おかげで、想定を遥かに上回る快電流が脊髄を伝って脳天を貫き、こちらの興奮の限界をあっさり突き破る。

「あううっ！　出る！」

そう口走るなり、奏太は足下の友美の顔面に白濁のシャワーを浴びせていた。

「ひゃうんっ！　熱いの、いっぱいぃぃぃ！」

と、嬉しそうな声をあげつつ、彼女はスペルマを顔で受け続ける。

（くうっ！　すごく出て……）

予想以上の射精に、奏太は内心で驚きを隠せずにいた。

メイド服姿で、かつ未成年と見紛《みまが》うような童顔の女性に顔射している背徳感は、そうそう経験できるものではあるまい。

しかも、顔からこぼれ落ちた精液がメイド服を汚しているのだ。

もちろん、前が隠れる白いエプロンをしているので、大半はそこに落ちている。しかし、隠せていない服の胸元などにも白濁液がシミを作っていた。

そうして、メイド服を自身のスペルマで汚していることに罪悪感を覚えるのと同時に、普通の服では得られないであろう大きな征服感も抱かずにはいられない。

「ふああ……すごく、いっぱぁい」

射精が終わると、友美が呆けたような声をあげた。

「つと、ゴメン。メイド服、汚しちゃった」

「んあ……平気ですぅ。どうせ、もう着ないと思っていたものですから。あっ、でも奏太さん……ご主人様が望むなら、まだ着ることがあるかも？」

と、ペタン座りをした女子大生が、こちらに視線を向けて蠱惑的な笑みを浮かべる。

それは、今後も奏太と関係を持ちたい、という宣言だと言っていいだろう。

ただ、彼女の妖しい表情に、奏太はその言葉の意味を深く考えるよりも、欲望のほうを我慢できなくなっていた。

そのため、メイド服姿の女子大生を強引に抱き起こし、体を入れ替えて背中のエプロンの紐をほどく。

友美は、「あんっ」と声をこぼしたが、こちらの意図を察して手を動かして外すのに自ら協力してくれた。

そうして、エプロンを外して傍らに置き、彼女の格好を見たとき、奏太は思わず目を見開いていた。

「これ、ワンピースじゃなかったんだ？」

友美が着ていたメイド服は、上下が同色なので、エプロンを着用しているとワンピースタイプに見えた。しかし、実際はセパレートになっていたのである。

「ワンピースだと洗濯が大変だし、上だけ違う衣装に替えたりって応用が利かないから、あの店ではこういう制服だったんですよ」

と、顔の精液を拭いながら、女子大生が教えてくれる。

ただ、もともとワンピースタイプだとすべて脱がさないとやりにくい、と思っていただけに、セパレートのほうが都合がいいのは間違いない。

奏太は、上着のボタンを外して前をはだけ、シンプルな白いブラジャーを露わにした。それから、下着をたくし上げてお椀型の乳房を露出させる。

ふくらみの頂点にある突起は、既に存在感を強調するように屹立していた。

「友美ちゃん、もう乳首が勃《た》ってるね？」

「やんっ。だってぇ、メイド服でご主人様のオチ×チンにご奉仕してたら、すごく興奮しちゃったんですぅ」

と、すっかりメイドモードに戻った女子大生が、恥ずかしそうに答える。

そんな彼女の言動に、どうにも我慢ができなくなった奏太は、何も言わずに乳首にしゃぶりついた。そして、突起を舌で弄るのと一緒に、もう片方の乳房に手を這わせて揉みしだきだす。

「ちゅば、ちゅば、じゅる……」

「ひあんっ！　ああっ、それぇ！　あんっ、いいですっ、ご主人様ぁ！」

たちまち、友美が甲高い悦びの声をあげた。

そうしながら、奏太は空いている手を彼女の下半身に伸ばした。そうして、スカートをたくし上げ、ショーツ越しに指を秘部に這わせる。

すると、女子大生が「きゃふうっ！」と声をこぼしてのけ反った。

それと同時に、指に湿り気がネットリと絡みついてくる。

（うわっ。かなり濡れているな。友美ちゃん自身、メイド服フェラでこんなに興奮していたんだ）

予想以上の濡れ方に、奏太は内心でそんな驚きを禁じ得ずにいた。とはいえ、それで困ることもない。

そう割り切った奏太は、舌で乳首を、片手でバストを愛撫しながら、指を動かして秘裂を擦りだした。

「ひゃうっ、それぇ！　あんっ、すごっ……奏太さっ……ああっ、ご主人様ぁ！　はうっ、ああっ、オチ×チンッ、ああんっ、早くっ、ふああっ、欲しいですぅ！」

友美が喘ぎながら、すぐにそう訴えてきた。どうやら、前戯もほとんど必要ないくらい、充分に昂っていたらしい。

もっとも、それはこちらも同じで、一刻も早くメイドと一つになりたいという欲求を、これ以上は抑えられそうにない。

そこで奏太は、いったん口と手を離して彼女から離れた。

「じゃあ、反対を向いて、シンクの縁を摑んで、お尻をこっちに出してくれる？」

と指示を出すと、女子大生は素直に従ってくれた。

そうして、スカートに隠されたヒップに目を奪われつつ、奏太はそれをめくりあげて、シンプルなデザインの白いショーツを露わにする。

当然ながら、その股間部分はすっかり濡れて大きなシミができている。

奏太は、ショーツを膝まで下げて濡れそぼった秘部を露わにした。それから、彼女の背後に立つと分身を握り、角度を調整して秘裂にあてがう。

（本当なら、このまま挿入したいけど、友美ちゃんがせっかくメイドになっているんだから……）

つけっぱなしのヘッドドレスを見て、ふとそう考えた奏太は、そこでいったん動きを止めた。

「んあ？　奏太さ……ご主人様？」

「友美ちゃん、メイドらしくおねだりしてもらえるかな？」

怪訝《けげん》そうな表情でこちらを見た女子大生に、そうリクエストを出す。

「えっ？　あっ、もう……分かりましたぁ。ご主人様ぁ、どうかあたしのメイドオマ×コに、ご主人様の逞《たくま》しいオチ×チンを挿れてくださぁい」

少し戸惑いを見せた友美だったが、すぐに腰を小さく振ってそんなおねだりを口にした。

「いいだろう。ご主人様のチ×ポを、しっかり味わうんだ」

こちらも「ご主人様」モードになってそう言うと、奏太は分身を彼女に押し込んだ。

「んはあああっ！　オチ×チンッ、入ってきましたぁぁ！」

悦びの声をあげつつ、彼女はあっさりとペニスを受け入れる。

まだ膣道にキツさはあるものの、初めてのときとは違い、特に抵抗もなく肉棒を先に進められる。

そうして、ヒップに下腹部がぶつかってそれ以上行けなくなったところで、奏太はいったん動きを止めた。

「友美ちゃん、もう辛くない？　痛みは？」

「んああ……はい。痛みはなくてぇ、辛いどころか、ご主人様のオチ×チンが入ってきて、すごく安心できるって感じがしますぅ」

こちらの問いに、メイド女子大生が間延びした声で応じる。

どうやら、小柄な彼女の膣にも奏太の一物はすっかり馴染んだらしい。

「じゃあ、動くよ？」

「はい。もう大丈夫ですからぁ、いっぱい動いて、気持ちよくしてくださぁい」

その返答を受け、奏太は腰を摑んで抽送を開始した。

「はあっ、あんっ、あんっ！　いいですぅ！　あっ、はうっ、ああっ……！」

たちまち、友美が嬌声をあげだした。

声を聞く限り、特に無理をしている様子もなく、本当にしっかりと快感を得ているように見える。

（ああ、厨房で友美ちゃんと……いつも、仕事をしている場所なのに……）

ペニスからもたらされる心地よさに酔いしれつつも、そんな思いが奏太の脳裏をよぎる。

亡き叔父、そして今は自分が仕事をしている場所で、早紀に内緒で女子大生とふしだらな行為に及んでいる。そのことに対して、なんとも言えない背徳感と罪悪感を抱かずにはいられなかった。

しかし、それがかえって興奮を煽る材料になっているのも、紛れもない事実である。

奏太は昂りのまま、彼女の乳房を鷲摑みにした。そして、胸を揉みしだきながらピストン運動をいっそう荒々しくする。

「はああっ！　ご主人様ぁ！　ああんっ、オッパイッ、はああっ、オマ×コぉ！　ひゃうんっ、いいですぅ！　あんっ、あううっ、きゃふうんっ……！」

友美の喘ぎ声が、より甘く甲高いものに変化する。それが、なんとも耳に心地よい。

何より、彼女が服装だけでなく言葉でもメイドに徹しているのが新鮮で、牡の本能が刺激されてやまない。

（これ、なんかすごく興奮する！　もっと、もっと友美ちゃんを感じたい！）

そんな思いに支配された奏太は、ますます抽送に没頭した。

「あんっ、ああっ、しょれぇ！　あんっ、ひゃうっ、ああっ……！」

女子大生のほうも、もたらされる快楽にすっかり溺れ、ひたすら喘ぎ続けている。

そうして、彼女の乳房と膣の感触、さらに愛らしい喘ぎ声に夢中になっていると、たちまち二度目の射精感が込み上げてきた。

「くっ。友美ちゃん、僕そろそろ……」

「ああっ、あたしもぉ！　あんっ、ご主人様ぁ！　んはあっ、中にぃ！　あうんっ、ご主人様のっ、あんっ、セーエキぃ！　はああっ、中にっ、ああんっ、いっぱいっ、んはあっ、注いでくださぁい！」

奏太の訴えに、友美も切羽詰まった声でそう応じる。

本物ではないとはいえ、未成年に見える童顔メイドからこのように求められて、拒むことなどできる男が、いったいどれだけいるだろうか？

昂りに支配された奏太は、本能のままに腰の動きを速めた。

「あっ、あんっ、奥ぅ！　ひゃうっ、突かれてぇ！　ああんっ、もうっ、イクッ、ひゃうっ、イッちゃうよぉ！　んはあああぁぁぁぁぁぁ!!」

とうとう、メイド女子大生が大きくのけ反って絶頂の声を厨房に響かせた。

同時に、狭い膣肉が激しく収縮し、ペニスに甘美な刺激をもたらす。

そこで限界を迎えた奏太は、「ううっ」と呻くなり、彼女の中に大量のスペルマを注ぎ込んでいた。

4

とある土曜日。その日、「浩々飯店」の店内は、いつもと違う雰囲気になっていた。椅子は壁に寄せ、中央に集めたテーブルには白いテーブルクロスをかけるなど、見るからに立食パーティー向けの装いである。

と言うのも、近所に住む常連客で二十四歳の男性から、「浩々飯店」を友人向けの結婚報告会で使いたい、と貸し切りの予約を受けたのだ。

なんでも、予算不足のため結婚式や披露宴をせずに入籍だけで済ませたそうだが、新郎新婦それぞれの親しい友人には互いのパートナーをきちんと紹介したい、と結婚報告会を企画したそうである。

その晴れやかな場に、町中華の「浩々飯店」を選んだのは、高校時代からここに通っていた新郎の希望だった。なんでも、自分が青春時代に慣れ親しんだ店の味を友人たちにも知って欲しい、と考えたらしい。

さほど広いとは言えない「浩々飯店」の店内だが、浩平の生前は親族の集まりで使ったりしており、テーブルや椅子の配置を工夫すれば二十人程度の規模のパーティーなら可能だ。また、早紀の話によると、片手の指で数えられるほどだが、オープンから七年の間に結婚式の二次会の場として使われたこともあるらしい。

もちろん、奏太は「まだ叔父さんの喪中期間なのに、そのような華やかな会をやっていいのか」と躊躇した。だが、喪中の当事者である早紀が、「賑やかなほうが浩平さんも喜ぶと思うわ。それに、彼が生きていた頃からの常連さんの結婚なんだから」と、この話を積極的に引き受けたのだった。

そのため、奏太はここ数日、普段の仕事に加えて新郎新婦の好物のリサーチや、予算に合わせた料理のチョイスなどに追われていた。おかげで、友美や亜沙子のみならず、一つ屋根の下で暮らす早紀とすら仕事の話以外はほとんど会話ができないくらい、慌ただしい状況になっていたのである。

もっとも、肉体関係を持った二人の美女とのことで思い悩む暇もなくなったのだから、ある意味でありがたいことではあったが。

それに、友美はもちろん亜沙子も、「身体の関係を持ったからと、早紀さんにそのことを話す気はないし、責任を云々《うんぬん》言うつもりもない」と言ってくれていた。それにより、これからのことを考えるための時間的な猶予ができたのも、奏太にとっては好都合だった。

そうして、身体が二つ欲しいと思うくらいの多忙な状況が続いて、とうとう今日、結婚報告会当日を迎えたのである。

「それにしても、早紀さんと友美ちゃん、自分たちも着替えるって言って控え室に入ったけど、なんでわざわざ着替えを？」

予約の時間に合わせて、一通りの料理の準備を整えた奏太は、手を止めて控え室のほうに目を向けながら、そう独りごちていた。

結婚報告会は、結婚披露宴や二次会と違ってカジュアルなもののはずである。参加者はともかく、給仕をする側が気を使うことなど特にないのではないか？

奏太がそんな疑問を抱いていると、すぐに控え室の襖が開いた。

そうして、姿を見せた二人の格好に、奏太は「なっ……!?」と目を大きく見開いて言葉を失っていた。

なんと、彼女たちは半袖のチャイナドレスを着用していたのである。

友美のチャイナドレスは、光沢のある赤い布地に金色の刺繍《ししゅう》がちりばめられたもので、丈は膝上までしかないため、太股の半分ほどが露わになっている。

早紀のほうは、ターコイズブルーに銀色をベースにしたカラフルな刺繍が施《ほどこ》されたチャイナドレスで、スカート丈がふくらはぎのあたりまであるため、脚はあまり見えていなかった。しかし、そのぶん歩くとスリットからチラチラと覗く生足が、なんとも色っぽく思えてならない。

「奏太さん？　この格好、どうですか？」

「なんか、ちょっと恥ずかしいんだけど……わたしじゃ、こういうの似合ってないんじゃない？」

友美と早紀からそれぞれに声をかけられて、奏太はようやく我に返った。

「あっ……えっと、二人ともよく似合っているかと……って言うか、なんでチャイナドレスなんか？」

「ああ、話していなかったかしら？　ご夫婦は、コスプレイベントで知り合ったらしいのよ。今日の結婚報告会に呼んだお友達もその仲間だから、みんなでコスプレするって話になっていてね」

奏太の疑問に、早紀が少し照れくさそうに応じてくれる。

「それで、せっかくだから店員もコスプレしようって、あたしが提案したんです。で、中華料理店の給仕なら、やっぱりチャイナドレスかなって」

と、友美が引き継ぐように言った。

なるほど、彼女はもともとメイド喫茶でメイドのコスプレをしていた。そのため、夫婦がコスプレイベントで知り合ったという話を聞いて、「自分たちも」という発想になったのだろう。

「だけど、この格好にエプロンって……なんか、変じゃないかしら？」

早紀のほうは、やはり着慣れていない服装に戸惑いを隠せないらしく、いつもの落ち着いた姿からは想像できないくらい、なんとも居心地が悪そうにそんなことを言う。

それでも、拒絶せずにチャイナドレスを着用したのだから、友美の提案に一理あると認めてはいる、ということか？

「ぼ、僕はいいと思いますよ。きっと、お客さんも盛り上がるんじゃないですかね？」

そんな会話をしていると、間もなく新郎新婦ら参加者がやって来た。そうして、全員が揃ったところで、控え室を使って一同がコスプレをしてからの結婚報告会が始まった。

もっとも、奏太はひたすら料理を作っていたため、彼らのコスプレ衣装をじっくり見る余裕もなかったのだが。

ただ、早紀と友美のチャイナドレスコスプレが参加者たちから絶賛されているのは、奏太の耳にも入ってきていた。どうやら、従業員が自分たちに合わせてコスプレをしてくれるとは思っておらず、女子大生の予想どおりのサプライズになったようである。

こうして、結婚報告会は充分な盛り上がりを見せ、新郎新婦を含む参加者たちは夕方のお開きの時間になって、大いに満足して帰っていったのだった。

とはいえ、従業員のほうは後片付けがあるので、会が終わったから一段落というわけにはいかない。

参加者たちが全員退店し、出入り口に「準備中」の札をかけると、早紀と友美はそのままの格好で片付けに取りかかった。もちろん、奏太も厨房を片付けてから客席の清掃を手伝う。

ただ、マナーのいい参加者たちで余った料理も持ち帰ってもらえたのはよかったが、それでもゴミはかなりの量になっている。加えて、掃除のあとテーブルや椅子を元の配置に並べ直すなどの必要もあり、一通りの片付けが終わったのは十九時近くになってからだった。

「それじゃあ、お先に失礼します。今日は、お疲れさまでした」

「お疲れさま。友美ちゃん、明日は休みだから、ゆっくりしてね」

と、控え室で私服に着替えた友美の挨拶に、未だにチャイナドレスにエプロン姿で台ぶきんを手にした早紀が、にこやかに応じる。

「友美ちゃん、お疲れさま」

奏太が、夕食の弁当を差し出して声をかけると、それを受け取った女子大生はペコリと頭を下げて外に出ていく。

「ふう、やれやれ。本当に怒濤の一日だった」

友美を見送ってから出入り口の鍵をかけると、奏太は腰下エプロンを外して大きな吐息をついていた。

すべてが終わって緊張が解けたからか、疲労感が一気に襲いかかってきた感がある。おそらく、一度に作る量が普段と違った上に、料理もいつもとは異なるものが多かったため、我知らず神経を相当にすり減らしていたのだろう。

とてもではないが、この状態で明日、鍋を振る気にはならなかった。早紀が、あらかじめ臨時休業と決めていたのは正解だった、と言えるだろう。もしかしたら、浩平も今の自分と似た状態になったことがあるのかもしれない。

（それにしても、チャイナドレス姿の早紀さん、やっぱりエロいよなぁ）

奏太は、ついついそんなことを考えて、テーブルを拭いている若き義叔母のほうに目をやっていた。

何しろ、身体のラインがしっかり出るチャイナドレス姿である。もちろん、前はエプロンをかけているのだが、後ろは無防備だ。特に、台ぶきんでテーブルを拭くときは前屈みになるため、ヒップラインがはっきりと浮き出て見える。しかも、動くとスリットから生足がチラチラと覗くのだ。

そうした姿から、普段の仕事時のズボン姿とはまったく異なる色気が感じられる気がしてならなかった。

結婚報告会の最中は、こちらも調理に専念していて余計なことを考える余裕はなかったが、今は凝視を我慢するので精一杯である。

ましてや、異なる魅力を持つ二人の美女の肉体を生で知り、セックスの快感も味わった身にとって、若き義叔母の今の姿は、なんとも煽情的に見える。

とはいえ、それで欲望のまま早紀に襲いかかる、あるいはムラムラした思いをこちらから彼女にぶつける度胸など、奏太にはなかった。そんなことができるなら、童貞のときでも一度や二度くらい女性への告白に踏み切れただろう。

いくら生の女性を知っても、異性になんとなく腰が引けるこの性格だけは、おいそれと変えられるものではなかった。

（イカン、イカン。早紀さんばっかり見てないで、他に何かやることを……）

奏太が、どうにかそう気持ちを切り替えようとしたとき、テーブルを拭き終えた早紀が「ふう」と大きな息をついて身体を起こした。

そうして、彼女はカウンターの端に台ぶきんを置き、エプロンを外してチャイナドレス姿を露わにする。

その若き義叔母の姿に、奏太はついつい目を奪われていた。

チャイナドレス姿自体は、結婚報告会が始まる前に目にしている。しかし、数時間も着たままだったせいか、身体への衣装の密着度が増している気がする。

ましてや、早紀は亜沙子ほどではないが胸が大きく、またウエストが細めで、ヒップもふくよかである。そのため、こういう衣装を着るとスタイルのよさがますます引き立って見えた。

しかも、後片付けも含めてほぼ働きづめだったからか、ほんのり汗ばんで頬もやや紅潮している。それが、よりいっそうの色気を振りまいている気がしてならない。

「それにしても、友美ちゃんにチャイナドレスを着ることを提案されたときは、さすがにどうかと思ったたし、最初は恥ずかしかったけど、会の最中はエプロンをしていたから意外と平気だったわねぇ。まぁ、他の人たちもコスプレをしていたから、っていうのもあるかもしれないけど」

と、彼女が安堵したように口にした。

確かに、「木を隠すには森の中」と言うように、コスプレをした人ばかりが集まっている場ならば、本人もそれほど格好を意識せずに済むのかもしれない。

「恥ずかしがらなくても、いいと思いますよ。早紀さんのチャイナドレス姿、その、すごく似合っていますから」

「本当に？　それなら嬉しいわ」

奏太の言葉に、そう応じて早紀が笑みを見せる。

(くうっ。チャイナドレス姿が新鮮だから、笑顔がいつもよりエロく見えて仕方ないよ！　やっぱり、早紀さんとエッチしたくなっちゃうぜ！)

その彼女の表情に胸が大きく高鳴り、そんな思いが心の奥から湧き上がってくる。

そんな欲望をどうにか我慢しようと、奏太は若き義叔母から目をそらしていた。

「じゃ、じゃあ、早紀さん、そろそろ着替えたらどうですか？　僕、着替えが終わるまでこっちにいますから」

彼女のほうを見ないようにしながら、本心を押し殺しながらなんとかそう口にする。

ところが、早紀が前に立った気配がして顔を上げると、彼女は自分のふくらみを持ち上げるように腕を組み、潤んだ目でこちらを見ていた。

その姿や妙に艶やかさを感じさせる表情に、自然と胸が高鳴ってしまう。

「ねえ？　奏太くん、さっきからわたしのこと、チラチラ見ていたわよね？」

「そ、それは……はい。すみません」

奏太は指摘に対して、思わず謝罪の言葉を発して頭を下げていた。

まさか、若き義叔母がこちらが我慢しつつもチラ見していた視線に気付いていたとは、思いもよらなかったことである。

「ああ、別に責めているわけじゃないのよ。勘違いさせて、こっちこそごめんなさいね。ただ、わたしのこの格好、そんなにいいのかなと思って」

と、早紀が首を傾《かし》げる。

「そりゃあ、いつもと違うってのはありますけど、早紀さんはスタイルがいいし、とっても綺麗だからチャイナドレスがすごく似合っていますよ！」

奏太が思わず力説すると、彼女は気圧されたように目を丸くした。が、すぐに少し照れくさそうな笑みを浮かべる。それから、

「ありがとう。えっとね、実はこの格好で奏太くんの視線に気付いてから、わたしず

っとドキドキしていたの」

と、早紀が恥ずかしそうに打ち明けた。

（えっ？　ドキドキしていた？　ってことは、もしかして僕のことを男として意識していたってことか？　だけど、今こんなことを言いだしたのって、いったい？）

奏太が、驚きつつもそんな疑問を抱いていると、彼女はさらに言葉を続けた。

「前に、亜沙子さんが奏太くんの鍋振り姿が浩平さんに似ている、って言っていたでしょう？　わたしも最近、同じことを感じていたの。それで、なんだか浩平さんが生き返ったみたいに思ったりして……でも、死んだ人と重ねて見るなんて、やっぱり失礼だと思って……ごめんなさいね」

「いいえ、それは別に……」

奏太と浩平は、背格好が似ていることもあって雰囲気が近い、とは親戚からも言われていたことである。

しかし、鍋振り姿が似ていると、叔父の妻にまで言われるのは、嬉しいようなこそばゆいような気分になる。

「だけど、そんなことを思っていたら、最近なんだか身体が疼くようになって……今日、チャイナドレスを着てみんなに見られて、それに奏太くんの視線を意識していたら……」

そこで言葉を切ると、彼女がいきなり抱きついてきた。

その突然の行動に、奏太は「へっ？」と間の抜けた声をあげて固まっていた。予想もしていなかったことだけに、何をどうしていいか瞬時に思い浮かばず、頭が真っ白になったのである。

「さ、早紀さん？」

どうにか、奏太が絞り出すように疑問の声をあげると、

「あ、あのね、奏太くん？　わたし、もう我慢できないの！」

と、少し恥ずかしそうに言った義叔母が、腕にいっそう力を込めた。

彼女に抱きつかれたのは、ラーメンスープの再現に成功したとき以来である。ただ、今はあのときよりもさらに強く、わざわざ胸を押しつけるようにしている。

(さ、早紀さんのオッパイが、僕の胸で潰れて……それに、さっきまで働いていたから か、体温も高めだし、匂いも前のときより少し強く感じられて……)

そんなことを意識すると、既に女体を知っている牡の本能が、いよいよ抑えられなくなってしまう。

彼女の言動の意味は、いちいち考えるまでもあるまい。

憧れの相手が自分を求めてきた、という現実に頭が白くなったものの、それ以上にその肉体の感触に性欲が刺激される。

とうとう限界に達した奏太は、「早紀さん！」と言うなり、彼女の身体を抱きしめていた。

早紀のほうは、「あっ」と小さな声を漏らしたものの、そのままこちらの行為を受け入れてくれる。

そうして、奏太は前回は充分にできなかった若き義叔母の温《ぬく》もりや胸の感触、それに身体から漂《ただよ》ってくる匂いを、しっかりと堪能した。

それから、いったん腕の力を緩《ゆる》めて身体を離すと、彼女と視線が合う。

すると、早紀が目を閉じて唇を突き出すようにする。

それを見た奏太も、彼女にゆっくりと口を近づける。

そして、二人の唇がとうとう重なるのだった。

5

「んっ。んじゅ、んむ……」

「んんっ。んむ、んぐぐ……」

店の奥の控え室に、舌を絡め合う粘着質な音が響く。

今、奏太はそこで早紀と激しく舌を絡ませるキスをしていた。

本当は、客席で行為を続けようとしたのだが、彼女が「控え室に行きましょう」と言ったため、ここで仕切り直しとなったのである。

「んんっ。ぷはっ。早紀さん……」

息苦しくなってきたところで、ひとまず唇を離して義叔母の顔を見つめる。

「ふはぁ。奏太くぅん」

と、こちらを見つめ返してきた彼女は、顔全体を紅潮させ、とろけそうな表情を浮かべていた。どうやら、すっかり発情しているらしい。

その艶めかしさに我慢できず、奏太は手を伸ばしてチャイナドレスの上から乳房を鷲摑みにした。

「んはあっ！　それぇ！」

たちまち、早紀が甘い声を控え室に響かせる。

（さ、早紀さんのオッパイ……）

手の平に広がった感触に、奏太は胸が熱くなるのを抑えられなかった。

抱きつかれて感じたことはあるが、こうして手で触れるとまた違った感慨を覚えずにはいられない。

何より、光沢のあるチャイナドレスの手触りが、通常とは異なる興奮をもたらしている気がする。

とはいえ、やはり乳房は生で触れてこそだろう。

その欲望に負けた奏太は、チャイナドレスの首元のチャイナボタンに手をかけたのだが……。

「ん？　なんだ、これ？」

どうやって外せばいいか分からず、奏太は思わず疑問の声をあげていた。

何しろ、そのチャイナボタンはどう見ても服と一体化しており、どうしようとも外れそうにないのである。

「ああ、奏太くん？　このチャイナドレスは、背中のファスナーを開けるタイプなの。だから、前のボタンはただの飾り」

こちらの戸惑いを察した早紀が、そう教えてくれる。

「えっ、そうなんですか？　こういうのって、てっきり前で開けるとばかり」

「そういうのもあるらしいわね。なんでも、ファスナーで首のところから脇の下まで開けて脱いだり着たりするって。でも、友美ちゃんが用意してくれたこれは、後ろファスナーなの。今は、こっちのほうが主流みたい」

「へぇ……じゃあ、後ろからしたほうがいいわけですね？」

「そうなるわね。お願い」

と応じて、早紀が自ら背を向けた。

そこで、彼女のセミロングの髪をかき分けると、なるほど確かに背中のラインに沿ってファスナーが見える。

そのため、まずはファスナー止めを外し、ドキドキしながらも思い切ってファスナーを引き下ろす。

すると、白いレースのブラジャーのバックベルトが姿を見せた。

（早紀さんのブラ……）

それを目にしただけで、奏太の胸はまるで初めて女性の下着姿を見たかのように高鳴ってしまう。

それでも、どうにかファスナーを下げ終えると、奏太はチャイナドレスをやや強引に引き下げた。すると、早紀も手を動かして袖から腕を抜く。

義叔母の上半身を露わにすると、奏太はすぐにブラジャーのホックを外した。そうして、彼女の腕の動きに合わせて下着を取り去り、傍らの畳の上に置く。

これで、早紀の上半身は完全に裸になった。

背後から見ても、彼女の姿にはむしゃぶりつきたくなるくらいのエロティシズムが感じられる。

その昂りをどうにか抑えつつ、奏太は背後から両手を義叔母の前に伸ばした。そして、二つのふくらみを鷲摑みにする。

途端に、早紀が「ああんっ」と甘い声をこぼした。

(さ、早紀さんの生オッパイ……)

ずっと妄想してきたものに実際に触れて、奏太は感動で胸が熱くなるのを抑えられなかった。

早紀への淡い思いを自覚してから、叶わないと思いながらも、このふくらみの感触をずっと夢想してきたのである。それが今、ようやく現実になったのだから感慨もひとしおだ、と言っていい。

「んっ。ねえ？　揉まないの？」

そう訊かれて、奏太は我に返った。念願が叶った感動のあまり、愛撫まで気が回っていなかったのだ。

「あっ、すみません。すぐに」

と応じて、まず指に軽く力を入れ、ふくらみを優しく揉みしだきだす。

「あんっ、んんっ、奏太くん、上手ぅ」

若き義叔母が、手の動きに合わせて甘い声をあげた。

どうやら、しっかりと感じてくれているらしい。

ここらへんは、亜沙子にやり方を教わり、彼女と友美で実践した甲斐があったと言えるかもしれない。

早紀の様子を見つつ、奏太は指の力を強めた。

すると、当然の如く指に伝わってくる感触もいっそう強まる。

「んあっ、あんっ、奏太くぅん！　あんっ、オッパイ、ああっ、いいのぉ！」

と、彼女の喘ぎ声も大きくなる。

(うわぁ。これが、早紀さんの生オッパイの手触りか……)

愛撫を続けながら、奏太は手の平から伝わってくる触り心地のよさに、たちまち酔いしれていた。

若き義叔母のバストは、亜沙子ほど大きくないが、友美よりはボリュームがある。

そして、弾力と柔らかさのバランスが実によく、いつまでもこうしていたいと思うくらい絶品の揉み心地である。

そうして、ひとしきりその感触を堪能していると、指が突起に当たって、早紀が「あんっ」と声をあげて小さくおとがいを反らした。

それがなんなのかは、今はすぐに理解できる。

そこで奏太は、いったん手を止めて両乳首を摘まむと、ダイヤルを回すように突起を弄りだした。

「ひゃうっ、それぇ！　あんっ、クリクリされるとぉ！　あんっ、しゅごっ、はううっ、感じちゃうのぉ！　ああっ、きゃふうっ……！」

早紀が天を仰ぎ、甲高い喘ぎ声をこぼす。

そんな反応が嬉しくて、奏太がさらに行為を続けようとしたとき。

「んああっ、奏太くんっ、はううっ、上手ぅ！　あんっ、やっぱりぃ、はうっ、亜沙子さんとっ、あんっ、友美ちゃんにもぉ！　んはあっ、こういうことっ、あふっ、していたのね？」

「えっ？　い、いつから……？」

彼女の言葉に、奏太は驚きのあまり思わず手を止めて訊いていた。

「二人の様子を見ていたら、すぐに気付いたわよ。でも、奏太くんが誰と付き合うことになっても、わたしには咎《とが》める権利はないと思っていたから、黙っていただけ。特に、友美ちゃんは本気みたいだったし。前の定休日に、わたしがI市の友達のところに行ったのも、お呼ばれしていたっていうのもあるけど、奏太くんと友美ちゃんが二人になる時間も必要かなと思ったからでね」

(はうう……まさか、早紀さんに全部見抜かれていたなんて)

若き義叔母からの意外な告白に、奏太は内心で頭を抱えていた。

関係を訝《いぶか》しむ言動がまったくなかったため、早紀は自分と女教師と女子大生との関係に気付いていないのかと思っていた。しかし、実際は単に気を使われていただけだったようである。

特に、友美とメイドプレイをした日に早紀が家を空けていたのが、そのような配慮によるものだったとは、まったくの予想外である。

「あ、あの、僕は……」

「あっ、ごめんなさい。こういうことをしている最中に、他の女性の話をするなんてマナー違反よね？　いいの。今は奏太くんがわたしだけを見て、好きにしてくれれば嬉しいから」

奏太の言い訳を遮るように、彼女がそんなことを言った。

(また、気を使われちゃったかな？)

とは思ったものの、ここは厚意に素直に甘えるべきだろう。

そう考えた奏太は、突起への愛撫を再開した。

「あんっ、それぇ！　ああっ、乳首ぃ！　ひゃうっ、いいのぉ！　ああんっ、ひゃうっ、んああっ……！」

たちまち、早紀が悦びの声をあげだす。

その艶めかしさに我慢できなくなった奏太は、指を動かしつつ「早紀さん」と声をかけた。そうして、こちらを向いた彼女の唇を奪う。

若き義叔母は、「んんっ」と声を漏らしながらも、抵抗する様子もなくこちらの行為を受け入れてくれた。

「んじゅ、じゅぶ、ンロ、ンロ……」

口内に舌を入れると、早紀もすぐに舌を動かして絡みつけてくる。

こうして舌を絡ませ合っていると、ますます興奮が高まってしまう。

そこで奏太は、片手を乳首から離すと、彼女の下半身に向かわせた。そうして、スリットから手を入れて、ショーツ越しに秘部に触れる。

途端に、早紀が舌の動きを止め、「んんっ！」と声を漏らして身体を強張らせる。

（うわあ。すっかりグショグショになって……）

ショーツに染み出た蜜の具合を確かめた奏太は、内心で驚きの声をあげていた。

これまでの経験で、上半身への愛撫でも愛液が溢れると分かっていたが、彼女の量は予想以上だと言っていい。何しろ、布地越しでも液体が指にしっかりとまとわりついてくるのである。

「ぷはっ。早紀さん、すごく濡れていますね？」

「あんっ。だってぇ、こういうの久しぶりだからぁ、気持ちいいのがちっとも我慢できなくてぇ」

こちらの指摘に、若き義叔母が少し恥ずかしそうに応じる。その様子が、なんとも愛らしく思えてならない。

そこで奏太は、いったん手を離して早紀の正面に移動し、肩を摑んで仰向けに寝かせた。

彼女のほうも、こちらの意図をすぐに理解してくれていたらしく、抵抗もしなければ困惑の声もあげず、素直に身体を畳に横たえる。

奏太は、チャイナドレスの裾から手を入れると、ショーツを摑んで一気に引き下げた。そうして、股間部分が濡れた下着を抜き取り、傍らに置く。

それから改めてスカート部をめくりあげ、M字にした脚の間に入り込んで秘部に顔を近づける。

予想できていたことだが、彼女のそこは蜜ですっかり濡れそぼっていた。

奏太は、迷うことなくそこに口を近づけて、液を舐め取るように舌を這わせだした。

「レロ、レロ……」

「ああーっ！　それぇ！　ああんっ、舌っ、ひゃうっ、あそこにぃぃ！　ひううっ、ああっ……！」

たちまち、早紀が甲高い喘ぎ声をこぼしだす。

(これが、早紀さんの愛液の味……それに、オマ×コの匂い……ああ、本当に夢を見ているみたいだ！)

そんなことを思いながら、さらに舌を動かしていた奏太は、いよいよ昂りを我慢できなくなっていた。

(ううっ。早く、早紀さんと一つになりたい！)

という渇望が、心の奥底から噴火寸前のマグマのように込み上げてきている。

本来は、彼女をイカせるつもりだったが、興奮のあまり牡の本能を抑えきれなくなってしまった感がある。

そのため、奏太はクンニリングスをやめて身体を起こすと、すぐにズボンとパンツを脱ぎ捨てて、限界まで勃起した一物を露わにした。

「えっ？　す、すごっ……」

こちらを見た早紀が、目を見開いてそんな驚きの言葉を口にする。

未亡人の彼女は、夫のモノをさんざん目にしていたはずだ。それなのに、この反応ということは……。

（どうやら、僕のチ×ポは叔父さんのより大きかったみたいだな）

そう確信すると、亡き浩平に対して実は密かに抱いていた嫉妬心やコンプレックスが、薄まるような気がした。

とはいえ、この状態で挿入したら、間違いなくあっという間に達してしまうだろう。せっかく憧れの女性とできるのに、それはいささか勿体ないし、あまりに情けない。

（かと言って、こっちから早紀さんにフェラを求めるのも、なんだかちょっと気が引けるし……）

そんなためらいを抱いていると、若き義叔母のほうが先に口を開いた。

「奏太くんのオチ×チン、すごく苦しそう……まずは、お口でしてあげるから、畳に座ってくれる？」

どうやら、彼女もこちらの状態を見抜いてくれたらしい。
「じゃあ、お願いします」
と、奏太が素直に畳に腰を下ろして後ろ手を着くと、早紀がすぐに四つん這いにな
って近づいてきた。
この体勢だと、彼女の乳房が重力で垂《た》れ下がり、動くたびにプルンと震える。それ
が、なんとも興奮を煽ってやまない。
そうして奏太が見とれている間に、若き義叔母はペニスに顔を近づけ、ウットリと
一物を見つめた。それから、分身を優しく握る。
「ふあっ！　さ、早紀さん！」
性電気を堪えきれず、奏太はおとがいを反らしてそう口にしていた。
女性に一物を握られることには、多少は慣れたつもりだったが、憧れの相手にされ
ていると思うだけで、快感が三割増しくらいに感じられる。
こちらの様子を見ながら、早紀はゆっくりと口を亀頭に近づけていく。そうして、
舌を出すと縦割れの唇を舐めだした。
「レロロ……レロ、チロ……」
「くあっ！　それっ、いいですっ！」

尿道口からもたらされた鮮烈な快電流に、脊髄から脳天を貫かれて、奏太は天を仰ぎながらそう口走っていた。

立ったままされていたら、この快感だけで腰が砕けていたかもしれない。

「んっ、チロロ……ンロ、ンロ……ピチャ、チロ……」

刺激が強すぎると判断したのか、早紀はすぐに舌の位置を亀頭全体、さらに竿のほうへと移動させた。そうして、肉棒全体を丹念に舐め回す。

（ああ、これでも気持ちよすぎ……ヤバイよ！　ホント、これは長く保《も》たない！）

予想を上回る快感がもたらされて、奏太がそんな危機感を抱いていると、彼女は「あーん」と口を開け、一物を口内に含みだした。

生温かな口の中の感触に、ペニスがみるみる包まれていく。そうして生じた性電気に、奏太はまたしても「ほあっ！」と素っ頓狂な声をあげていた。

やがて、四分の三に少し満たないところで、義叔母が動きを止めた。亜沙子ほどではないが、初めてのときの友美より深い位置まで咥えられたのは、さすがは経験者と言うべきか。

早紀は、数回鼻で大きく息をして呼吸を整えた。それから、ゆっくりとストロークを開始する。

「んっ……んっ……んむ、んんっ……」

「あううっ！　これっ、よすぎ……ううっ！」

分身全体からもたらされた快感に、奏太は呻くような声で喘いでいた。

「んはあっ。奏太くんのオチ×チン、大きすぎぃ。お口に入れているだけで、息苦しくなっちゃうわぁ。チロ、チロ……」

いったんペニスを口から出した未亡人が、そう言ってカリを舐め回しだす。

そうして、竿の横や裏筋を舐め上げてから、再び陰茎を口に含む。

「んむっ。んっ、んぐ、んむぐ、んんっ、んぐ……」

(うあっ、すごっ……早紀さんにフェラをしてもらって……これ、夢なら覚めないで欲しいよ！)

心地よさに酔いしれながら、奏太の脳裏にそんな思いがよぎる。

早紀にされるフェラチオは、舌使いが巧みな女教師や初々しい女子大生の行為とはひと味違うように思えてならなかった。

もちろん、少年時代からずっと憧れていた相手にされているというのは、感動の大きさやベクトル自体が他の二人と違うため、単純に比較できない。ただ、この快感が格別なのは、疑いようのない事実だった。

「ああっ、早紀さん！　僕、もう出そう！」

もともと、かなり昂っていたこともあり、たちまち限界のカウントダウンが始まり、奏太はそう口にしていた。

すると、彼女は肉棒を咥えたまま、ストロークを早く小刻みなものに切り替える。

「んっ、んっ、んっ、んむっ、んんっ……」

その動きで、若き義叔母が何を望んでいるのかは一目瞭然だ。

（さ、早紀さんに口内射精……）

そう思った途端、興奮の限界に達した奏太は、「はううっ！」と声をあげ、彼女の口内にスペルマをぶちまけていた。

6

「んむ、んぐ……ぷはあっ。すごく、いっぱぁい。浩平さんにしたときは、息苦しくならなかったのに、危うくむせて吐き出しそうになっちゃったわぁ」

口内の精を処理し終えると、早紀がそんなことを口にして奏太のほうを見た。

ただ、予告なしの口内射精を怒っている様子はなく、その目は潤んで頬も紅潮していて、むしろ発情が強まっているのが否応なく伝わってくる。

「はぁ、奏太くんのオチ×チン、あんなに出したのに、まだ元気ぃ。ああ、もう我慢できないぃ。早く、そのオチ×チンをわたしにちょうだぁい」

艶めかしい声でそう求められ、奏太も我慢しきれずに「早紀さん！」と彼女を畳に押し倒した。

その勢いに、若き義叔母は「あんっ」と声をあげたものの、抵抗もせずこちらのなすがままになっている。

そこで奏太は、チャイナドレスのスカート部を改めてたくし上げ、脚の間に入ると濡れそぼった秘部に分身をあてがった。そして、そのまま一気に挿入する。

「んはああっ！　オチ×チンッ、来たぁぁ！」

早紀が悦びの声をあげて、肉棒を迎え入れる。

そうして奥まで進むと、腰と股間がぶつかってそれ以上は進めなくなった。

「はああん！　すごぉい。本当に奥まで届いて、オチ×チンが子宮にめり込んでいるみたいよぉ。こんなの、初めてぇ」

若き義叔母が、そんな感想を口にする。

一方の奏太には、彼女の言葉など耳に届いていなかった。

（僕、とうとう早紀さんと一つに……）

という感動で胸がいっぱいになり、頭が真っ白になって、腰を動かすことすら忘れてしまう。

早紀の中は、その穏やかな性格と同じように、肉棒を優しく包み込んでくれている。しかし、緩いわけではなく適度な締めつけと吸いつきで、まるで膣肉とペニスが溶け合っていくかのようだった。おかげで、抽送しなくても心地よさがもたらされる。

「奏太くん、どうしたの？　動かないの？」

そう声をかけられて、奏太はようやく我に返った。

「あっ、その、すみません。早紀さんとこうしているのが、なんだか夢みたいで。僕、早紀さんが叔父さんと結婚する前から、ずっと憧れていたから」

「えっ？　そうだったの？　そんなに前から、わたしのことを……」

こちらの告白に、彼女が驚きの声をあげる。

やはり、若き義叔母は他者への観察眼は優れているが、自分に向けられる好意には鈍感だったらしい。もっとも、自身が浩平に思いを寄せていたため、他人からのそういう視線を半ば無意識にシャットアウトしていた可能性もあるが。

「……そこまで、わたしのことを思ってくれていたのね？　嬉しいわ。だったら、動いて。わたしを、いっぱい気持ちよくして」

「はい、分かりました」

彼女の求めに首を縦に振った奏太は、腰を摑んで抽送を開始した。

「ひあっ！　あんっ、あっ、きゃふっ、これぇ！　あんっ、子宮っ、はううっ、突き上げられてぇ！　ああっ、はうんっ……！」

たちまち、早紀が甲高い喘ぎ声をこぼしだす。

そんな義叔母の艶めかしい表情だけでも、奏太の興奮はいっそう高まって、腰の動きが自然に荒々しくなってしまう。

「ひゃううっ、ああんっ！　しゅごっ、ひううっ！　あっ、きゃうっ、はああっ、あんっ……！」

こちらのピストン運動に合わせて、早紀の声のトーンも一オクターブ跳ね上がった。

それだけで、彼女が得ている快感の大きさが分かる気がする。

（それに、チャイナドレスを完全には脱いでないってところが、裸とはなんか違ってエロイ！）

若き義叔母の艶姿を見て腰を動かしながら、奏太はそんなことを思っていた。

友美のメイド服のときも、スカートだけ残していたことが興奮を煽っていたのは否定できない。

もちろん全裸もいいのだが、半端《はんぱ》ながらも着衣のまますするセックスには奇妙な背徳感があり、それが興奮をいちだんと煽り立てる。

「ああっ、駄目ぇ！　ひゃうっ、こんなっ、ああっ、気持ちよすぎてぇ！　はうんっ、我慢できないぃぃぃ！　イッちゃうぅぅぅぅ！　はあああああぁぁぁぁぁぁぁん‼」

不意に、早紀が絶頂の声を張りあげて、大きくおとがいを反らした。

あまりに突然のことに、奏太も慌てて動きを止める。

そして、しばらく身体をヒクつかせた義叔母は、間もなく全身を虚脱させた。

「んはああ……一人でイッちゃって、ごめんなさいねぇ。でもぉ、久しぶりだったしい、奏太くんのオチ×チンが気持ちよ過ぎてぇ、ちっとも我慢できなかったのぉ」

早紀が放心した様子ながら、そんな言い訳めいたことを口にする。

こうしてペニスを褒められるのは、誰からされてもこそばゆいが、男としての自信にはなる気がする。

「あの、続けても大丈夫ですか？」

奏太は、遠慮がちに聞いてみた。何しろ、こちらはフェラチオで一発抜いたおかげでまだ余裕があるのだ。ただ、ここで行為を中断したくはないが、憧れの相手に負担をかけるようなこともしたくない。

「あっ、大丈夫ぅ。いいわよぉ。奏太くんがイクまで、好きにしてぇ」

余韻に浸っていた早紀が、こちらを見てそう応じる。

（とはいえ、このまま続けるのも芸がない気が……あっ、そうだ！）

一つの方法を思いついた奏太は、義叔母の片足を畳に下ろし、もう片方の脚を持ち上げて自身の脚を交差させるようにした。そうして、彼女の身体を横向きにしていわゆる松葉崩しの体勢になってから、抽送を再開する。

「ひあっ！　ああっ、これぇ！　あんっ、横がぁ！　ああっ、深くまでっ、あんっ、子宮っ、はううっ、強くノックされてぇ！　あうっ、ひゃあんっ……！」

たちまち、早紀が甲高い喘ぎ声をこぼしだした。おそらく、一度達して肉体が敏感になっているのだろうが、松葉崩しで充分に快感を得てくれているらしい。

（ううっ。なんか、早紀さんとすごく密着している気がする！）

腰を動かしながら、奏太はそんなことを思っていた。

この体位はこちらも初めてだったが、足を交差させているからか二人の結合が正常位よりも深い。そのぶん、彼女もよりいっそう感じているのかもしれない。

そのため、奏太はさらに夢中になって抽送を続けた。

「くうっ。オマ×コがうねって……早紀さん、早紀さん！」

「はううっ、奏太くんっ、すごいぃぃ！　あんっ、セックスッ、ひゃうっ、こんなっ、はううっ、感じたのっ、ああっ、初めてぇ！　あうっ、あんっ、わたしっ、ああっ、変にぃ！　ひゃうっ、すぐにっ、ああんっ、またイッちゃうぅぅ！　あんっ、あんっ、あああっ……！」

名前を呼びながら激しく腰を動かすと、彼女もそんな切羽詰まった声をあげた。

エクスタシーに達して間もないため、奥を思い切り突かれて、さらなる絶頂を我慢できなくなっているらしい。

もっとも、奏太のほうも松葉崩しでのピストン運動で一気に昂りが増して、脳内で射精へのカウントダウンが始まるのを感じていた。

（くうっ！　どうしよう？　このまま中に出したいけど、さすがに早紀さんに……）

と躊躇の気持ちが湧いたとき、いきなり彼女の膣肉が妖しく蠢いた。

おかげで、一物に甘美な刺激がもたらされる。

その動きがとどめになり、奏太は「はううっ！」と声を漏らすと、暴発気味に彼女の中にスペルマを注ぎ込んでしまった。

「ひああっ、熱いのっ、中にぃぃ！　んあああああああぁぁぁぁぁぁ!!」

困惑の声をあげつつ、早紀も絶頂の声を張りあげて大きく背を反らす。

そうして、一滴残らずスペルマを子宮に注ぎ終えるのと、彼女が虚脱するのはほぼ同時だった。

「んはあ……奏太くんの精液ぃ……わたしの中を、満たしてぇ……」

放心した様子で、義叔母がそんなことを独りごちるように言う。

（ああ……早紀さんに中出しで、一緒にイケて……）

奏太のほうは、ただただそのことに悦びを感じ、なんとも言えない幸福感に浸っていた。

第四章　秘密のつゆだく大乱交

1

（うーん……やっぱり、早紀さんとの距離感が、すっかり分からなくなっちゃった感じだなぁ）

深夜、布団に入って天井を見上げながら、奏太はそんなことを思っていた。

憧れの若き義叔母と関係を持って数日が過ぎたが、彼女のほうは翌日からまるで何もなかったかのように振る舞っていた。それは、仕事のときはもちろん、普段の食事など奏太と二人きりになったときも同様である。

その態度だけ見ていたら、結ばれたことが夢だったのではないか、という気さえしてしまうのだ。

今日は来なかった亜沙子もそうだが、年上でセックスの経験がそれなりにある女性は、その手の演技が上手なのだろうか？

とにかく、ようやく早紀と身体の関係を結べたものの、彼女の自分への気持ちを聞けたわけではなく、もちろん恋人になったわけでもないのだ。

あとで聞いた話によると、彼女が奏太を求めたのは、鍋振り姿が亡夫に似ている義甥を見ていて、肉体的な欲求不満が限界に達したのが原因だったらしい。

なんでも、浩平が急逝する直前、夫婦は住宅ローンや店の改装費などの返済が終わったので、そろそろ子供が欲しい、と話していたそうだ。ところが、彼が急死したため、早紀の心身は宙ぶらりんなまま放置されて、自慰でも身体の疼きが完全には収まっていなかったという。

そうしたものが、チャイナドレスという慣れない衣装を着て奏太の視線を意識し、しかも新婚カップルの熱々ぶりに当てられたことで、とうとう爆発してしまったようである。

つまり、早紀にとっての奏太は現状、性欲を発散できるセックスフレンド的な意味合いが強い、と見るのが自然だろう。そうであれば、彼女のこちらを特に意識する様子のない態度も納得がいく。

しかし、亜沙子や友美ならまだしも、ずっと憧れていた相手からその程度の認識でしか見られていないのであれば、それはそれで辛いものがある。

そんなことを考えていたら、早紀とどういう距離感で接すればいいか、さっぱり見当がつかなくなってしまったのだ。

おかげで、二度目の関係を求めることもできず、今はただ自分の感情を押し殺して仕事に取り組むしかできない状況である。

ただ、そうして延々と思考を巡らせていたせいで、一時を過ぎても目が冴えてしまったのだ。このままでは、まだまだ寝付けそうにない。

「……もう一回トイレに行って、しっかり寝よう。寝不足は、仕事の大敵だし」

そう独りごちた奏太は、布団から抜け出すと、足音を立てないように気をつけながら廊下に出てトイレに向かった。

が、そのとき小さな声が聞こえてきたため、足を止めて耳を澄ます。

『んっ……あっ……ああっ……』

聞き耳を立ててみると、それは明らかに女性の喘ぎ声だった。どうやら、声は今は早紀が一人で使っている、かつての夫婦の寝室からこぼれてきているようである。

一瞬、彼女がアダルト動画でも見ているのかと思ったが……。

（この声、早紀さんだよな？　早紀さんの喘ぎ声……ってことは、もしかしてオナニーをしている!?）

そう悟った途端、奏太の脳裏に彼女の艶姿が甦《よみがえ》った。同時に、興奮と覗き見たい衝動が湧き上がってくる。

（いやいや、見ちゃ駄目だ。こういうのは、気付かないフリをするのがマナーってもんだろう）

という理性の警告が、頭の中で鳴り響く。

しかし、女性の、いわんや憧れの相手の自慰姿を拝んでみたい、という男の好奇心を抑えきれるものではない。

葛藤ののち、欲望に負けた奏太は、早紀の寝室に近づいてドアに耳を当てた。

『んあ、浩平さん、ああ、ごめんなさぁい。でもぉ、奏太くんの、あんっ、オチ×チンがよくてぇ……ああ、また欲しい。あんっ、あの逞しいオチ×チンッ、んあっ、浩平さんのより大きくてぇ……あんっ……でもぉ、はうっ、駄目なのぉ。あんっ、彼は義理でもっ、んあっ、甥っ子なんだからぁ、はあっ、我慢っ、んんっ、しなきゃ……んあっ、ああっ……』

彼女は、喘ぎながらそんなことを口にしている。

それを聞いた奏太は、思わず息を呑んでいた。

（早紀さん、僕のチ×ポをそんなに気に入っていたのか……）

どうやら、普段の何もなかったかのような振る舞いは、義甥とこれ以上関係を深めることへの恐れから、己を律していただけだったらしい。

しかし、その我慢の反動で、今はどうにかオナニーで自分の欲望を発散しようとしているようだ。

ただ、そうと分かると、こちらのほうが我慢できなくなってしまう。

奏太は欲望のままにドアを開け、「早紀さん！」と声をかけた。

そこは八畳ほどの広さの洋間で、壁際にダブルベッドと洋服簞笥《だんす》と化粧のためのドレッサーなどが置かれた程度の、いかにも寝室というシンプルな室内である。

明かりは豆電球だけだったが、今は廊下の照明で中の様子が丸見えだ。

肝心の早紀はというと、ベッドに仰向けになり、パジャマの前をはだけて乳房を露わにし、下はズボンもショーツも脱ぎ捨てていた。そうして、胸と股間に指を這わせて指戯に耽っていた義叔母は、さすがに突然の乱入者に驚いて、その体勢のまま硬直している。

それにしても、室内に性臭が充満しているように感じられるのは、決して気のせいではあるまい。

奏太は、構わずドアを閉めてベッドに近づいた。

「僕、早紀さんともっとエッチしたいです！　早紀さんのことを、もっといっぱい満足させてあげたいです！」

「えっ？　あっ、聞いて……だ、駄目よ、奏太くん。わたしたちは、やっぱり……」

こちらの言葉に対して、早紀が困惑した様子で諭《さと》すように言う。

だが、乳房と股間を露出し、豆電球でも分かるくらい頬を紅潮させた状態でそんなことを口にされても、説得力はまるで感じられない。

彼女の姿に欲望を堪えきれずにいた奏太は、その場でパジャマのズボンとパンツを脱ぎ、天を向いてそそり立つ分身を露わにした。

「これ、欲しいんですよね？　僕も、早紀さんのオナニーの声で興奮して、またエッチしたくて、こんなになっちゃったんですよ！」

そう言って、見せつけるように腰を前に突き出すと、未亡人が身体を起こして肉棒を凝視した。

通常の彼女であれば、すぐに目をそらしたかもしれないが、何しろ今し方までこの陰茎を思って自慰に耽っていたのだ。目を離せるはずがあるまい。

「……もう、奏太くんったら。そんなことされたら、わたしだって我慢できなくなっちゃうわよぉ」

少しして、早紀が諦めたように言った。

その声にやけに艶《つや》があるのは、彼女も既に準備がある程度できているからだろうか？

「我慢しなくていいです。僕、いくらでも応じますから」

「ああ、奏太くぅん……わたし、奏太くんのオチ×チンが欲しい。もっと、奏太くんと一緒に気持ちよくなりたいのぉ」

さらに追い打ちをかけると、若き義叔母はとうとう目を潤ませて、甘えるような声で応じてきた。どうやら、すっかり開き直ったらしい。

「それじゃあ……」

と、奏太がベッドに乗って押し倒そうとしたところ、早紀はすぐにそれを手で制止した。

「あっ、待って。わたしも、奏太くんのオチ×チンにお口でしたいの。このまま挿れたら、奏太くんも長続きしないと思うし。ただ、わたしも自分でしていて、中途半端だったから、あそこへの刺激がもう少し欲しくて……」

と、彼女が少し遠慮がちに言う。

ただ、これだけでもその意図は充分に察することができた。

「じゃあ、僕がベッドに寝そべるんで、早紀さんが反対を向いてまたがってください。それで、お互いを愛撫し合いましょう」

奏太の提案に、若き義叔母が顔を輝かせて「ええ！」と嬉しそうに首を縦に振った。

（やっぱり、シックスナインのお誘いだったか）

そう思いながら、奏太がダブルベッドの空いたところに横たわると、早紀もすぐに身体の向きを反転させて、顔の上にまたがってくる。

すると、すっかり濡れそぼった割れ目が眼前に広がった。そこは、ついさっきまで自分で弄っていたせいか、男を誘うように微かにヒクついている。

（おおっ。早紀さんの濡れオマ×コが目の前に……けっこう濡れてて、なんかすごくエロイなぁ）

奏太が、そんな感動を覚えている間に、彼女は四つん這いになって一物に顔を近づけた。同時に、腰も下ろして秘部を奏太の口に近づけてくる。

そこで奏太は、彼女の腰を摑んで位置を微調整し、割れ目が口元に来るようにした。

それから、蜜をしたためた秘裂に舌を這わせだす。

「レロ、レロ……」

たちまち愛液の味が舌に広がり、それが牡の本能を刺激してやまない。

「はああんっ！　それぇ！　ああっ、気持ちいいぃぃ！　んはあっ、わ、はうっ、わたしもぉ」

甲高い悦びの声をあげた早紀だったが、すぐに一物の角度を合わせて先端部を舐め始めた。

「チロロ……ンロ、ンロ……」

（おほうっ！　早紀さんのフェラ、やっぱりすごくよくて……僕も、負けていられないぞ！）

そんなことを考えた奏太は、親指で彼女の割れ目を大きく開き、シェルピンクの媚肉を露わにした。そして、そこに舌を這わせる。

「チロ、ピチャ……んむ、レロ……」

「レロロ……ふやんっ、そこぉ！　ああっ、オチ×チンッ、あんっ、舐めてっ、はうっ、いられないいぃぃ！　あむっ、んぐ、んぐ……」

先端から舌を離して喘いだ早紀は、すぐに肉棒を咥え込んでストロークを始めた。

なるほど、これなら奉仕を中断せずに済む。

「レロロ……ピチャ、ピチャ……」

「んっ、んんっ！　んぐっ、んむぅ！　んんっ、むふっ、んぐ……」

二人は、それぞれ熱心に相手の性器への愛撫を続けた。

（くううっ。それにしても、こうやってお互いに感じさせるの、すごくいいっ！）

舌を動かす奏太の心に、そんな思いが湧いてくる。

もちろん、フェラチオだけ、クンニリングスだけというのもいい。だが、一物からの刺激でこちらの舌の動きが乱れ、それによって相手の奉仕も乱れて分身にイレギュラーな快感がもたらされる、というのはシックスナインでなければできない経験だ。

それに、こうしてお互い高め合っていると、セックスとは違う意味で彼女との繋がりをいっそう強く感じられる気がしてならない。

そんなことを思いながら、奏太は早紀との行為にすっかり没頭していた。

（ううっ、そろそろ……）

「んむっ。んっ、んっ、んっ……」

間もなく、腰に熱いモノが込み上げてきて奏太が危機感を覚えると、早紀がストロークを小刻みなものに切り替えた。どうやら、こちらが何も言わなくても、ペニスの状態から射精が近いのを悟ったらしい。

（くっ。できれば、一緒にイキたい！）

そう考えた奏太は、媚肉の奥で存在感を増した肉豆に狙いを定めた。そして、そこを舌先でチロチロと舐め回す。

「んんーっ！　ふはっ、ひゃうっ、そこぉ！　ああっ、わたしもぉ！　あんっ、イキそうっ！　レロ、レロ……」

とうとう一物を口から出し、限界を訴えた早紀が、それでもなんとか亀頭に舌を這わせつつ、手で竿をしごく。その動きには、もはやリズムも何もなく、ただ懸命に奉仕しているだけ、という印象だ。

しかし、それがかえってこちらの昂りを早めた。

（うはあっ！　もう、これ以上は我慢できない！）

と考えた奏太は、クリトリスを舌先で押し込むように愛撫した。

「ふやあぁぁんっ！　しょれっ……イクぅぅぅぅぅぅぅぅ!!」

早紀が、絶頂の声を寝室に響かせる。

同時に蜜が溢れ出し、奏太の口を濡らす。

そこで限界に達した奏太は、スペルマを発射していた。

「ああーっ！　熱いの、顔にいぃぃ！」

姿が見えなくても、彼女のその声で顔射になったと分かる。

(早紀さんの顔に、精液をぶっかけたなんて……)

そうは思ったが、この背徳感が新たな興奮を呼び起こす気がしてならない。

そうして射精が終わり、早紀の身体から力が抜けてからも、二人はしばらくそのままの体勢でいた。

(ああ……早紀さんとのシックスナイン、すごくよかったぁ)

奏太が行為の余韻に浸っていると、彼女が上からどいてようやく視界が開けた。

見ると案の定、その顔には白濁液が付着し、こぼれた液が胸元も汚している。ただ、パジャマの上着だけを羽織った状態で、顔をスペルマまみれにした早紀の姿が、なんとも妖艶に思えてならない。

「んはぁ。奏太くんのオチ×チン、出したばっかりなのにまだすごく元気ぃ。ああ、わたしも我慢できない。今日は、わたしにさせてぇ」

そう言うと、若き義叔母が腰にまたがってきた。そして、自身の唾液にまみれた一物を握って、濡れそぼった己の秘裂にあてがう。

「んああ。これぇ、このオチ×チン、本当は欲しかったのぉ。んんんっ……」

と、彼女はすぐに腰を沈めだした。

そうして、奥まで陰茎をみるみる呑み込んでいく。

「ふあああっっ！」

最後まで下ろした途端、早紀がおとがいを反らして、短めの甲高い声を寝室に響かせた。どうやら、挿入しただけで軽く達してしまったらしい。

若き義叔母は、少し身体をヒクつかせてから、奏太に目を向けた。

「わたしぃ、ちょっとイッちゃってぇ……やっぱり、このオチ×チンすごいぃぃ。子宮まで届いてぇ、奥が押し上げられているのが、はっきり分かるわぁ」

恍惚《こうこつ》とした表情を浮かべて、早紀がそんなことを口にする。

この言葉だけでも、彼女が実はどれほど奏太のモノを求めていたのかが伝わってくるような気がした。

(早紀さん、そこまで僕のチ×ポを……それに、早紀さんの中がチ×ポに吸いつくみたいで、やっぱり気持ちよくて……)

と奏太が感動に浸っていると、その隙を突くように未亡人は自ら腰を上下に動かしだした。

「あっ、あっ、あんっ、いいっ！　オチ×チンッ、はうっ、子宮っ、ああっ、ノックしてぇ！　あんっ、はああっ……！」

たちまち、早紀が甲高い悦びの声を室内に響かせだす。

その表情を見る限り、セックスでもたらされる快感にすっかり夢中になっているらしい。

(早紀さんが、自分からこんなに動くなんて……)

彼女の艶姿に見入りながら、奏太は今さらのようにそんな驚きを隠せずにいた。

もちろん、最初のときも彼女のほうから求めてきた。だが、あれがイレギュラーで基本はもっと受け身、というのが日頃の若き義叔母を見て、奏太が抱いていた印象である。それだけに、この積極性はいささか意外と言うしかない。

「んあっ、奏太くんっ、あんっ、これがっ、あうっ、わたしなのぉ！　あんっ、本当はっ、んはっ、エッチが好きでぇ！　ああっ、ずっとっ、んふっ、こうしたかったのぉ！　あんっ、でもっ、ああっ、我慢しなきゃってぇ！　ああんっ、こんなわたしっ、あううっ、幻滅したぁ？　あんっ、あんっ……！」

こちらの心境を見抜いたらしく、早紀が腰を振りながらそんなことを口にする。

「幻滅なんて……僕は、普段の早紀さんも、エッチな早紀さんも大好きです！」

奏太は、思わずそう答えていた。

実際、積極的に快楽を貪《むさぼ》る彼女も、充分に魅力的である。むしろ、心をさらけ出してくれたような嬉しさすら感じていた。

それに憧れの相手が、顔に白濁液を付着させたまま、大きな胸を揺らして自分の上で腰を振っているのは、こちらにとって喜ばしくあっても、失望する材料になどなり得ない。

「ああっ、嬉しい！　あんっ、奏太くんっ、ああっ、手をっ、あんっ、わたしとっ、あうんっ、手を繋いでぇ！」

そう求められて、奏太は手を伸ばした。すると、彼女が手の平を合わせて指を絡ませてくる。いわゆる恋人繋ぎをしただけで、まるで二人の心の距離がいっそう近づいたように思えてならない。

それから早紀は、さらに腰の動きを大きくした。

「あんっ、あんっ、これぇ！　はううっ、あっ、ああっ、はあんっ……！」

そうして喘ぎ、バストをタプタプと揺らしながら快楽を貪る義叔母の姿に、奏太は快感に浸りながらすっかり見入っていた。

(ああ……早紀さん、すごくエロくて、とっても綺麗で……それに、手が温かくて、チ×ポも気持ちよくて……ずっと、こうしていたいよ)

という思いが、奏太の中に湧き上がってくる。

だが、そうして心地よさがもたらされていれば、男ならやがて限界が訪れるのも自明の理である。

自分と手を繋ぎながら乱れる彼女を眺め、ペニスからの快感を味わっているうちに、奏太は射精感が込み上げてくるのを抑えられなくなってしまった。

「ううっ。早紀さん、そろそろ……」

「んあっ？　奏太くんっ、あんっ、オチ×チンッ、ああっ、跳ねてぇ！　ああっ、わたしもっ、んはっ、もうイクのぉ！　はああっ、一緒にぃ！　ああっ、中にっ、あんっ、このままぁ！　あんっ、あんっ……！」

と、早紀が腰の動きを速める。

そこで奏太も、それに合わせて腰を小さく突き上げるように動かしだした。

「んはあっ！　それぇ！　ああっ、奥っ、はううっ、突かれてぇ！　はああっ、イクう！　ああんっ、イクッ！　あんっ、イクッ、はああっ、もうっ……イクうううぅうううう!!」

とうとう、早紀が手を繋いだまま絶頂の声を張りあげて、天を仰いで身体を強張らせた。

同時に膣肉が妖しく収縮し、肉棒にとどめの刺激をもたらす。

限界に達した奏太は、「くうっ」と呻くなり、彼女の中に思いの丈をたっぷりと注ぎ込んでいた。

2

その日は、大学の授業があるため、友美は夜の営業時間のみ「浩々飯店」に来ることになっていた。そうなると当然、昼間のランチタイムは奏太と早紀の二人で切り盛りすることになる。

それでも、平日はどうにかしのげているのは、まだランチのメニュー数を絞っていることと、奏太の調理の手際がかなりよくなったことが大きいだろう。

そして、夜に向けた仕込みなどが終われば、今まであれば適当に一休みしていたのだが……。

「んむ、んんっ、んじゅぶ……」

「んっ、んむっ、じゅぶる……」

換気扇の音に混じって、奏太と早紀が濃厚に舌を絡め合う音が厨房に響く。

やがて唇を離すと、彼女は「ぷはっ」と大きく息を吐いた。

そうして、こちらを見た義叔母の目はすっかり潤み、頬も紅潮している。その緩んだ表情だけでも、発情しているのは明らかだ。

奏太は、彼女のシャツとブラジャーをたくし上げて、二つのふくらみを露わにした。そして、素早く両手で揉みしだきだす。

「ああーっ！　奏太くぅん！　あんっ、オッパイッ、ああっ、気持ちいいぃぃ！　あんっ、はああっ……！」

早紀の甘い喘ぎ声が、なんとも耳に心地よい。

すると、不意に奏太の股間をズボンの上からまさぐる感覚がもたらされた。目を向けると、若き義叔母の手がそこに触れていて、擦りあげるように動いている。

「くっ。早紀さん？」

「奏太くんのオチ×チン、もう大きくなってぇ。早く、早く欲しいよぉ」

彼女が手を動かしながら、なんとも艶めかしい声でそんなことを口にする。

「それは……でも、ここでしていいんですか？」

奏太が愛撫を止めて訊くと、早紀は濡れた目でこちらをジッと見つめた。

「んあっ。いいわよぉ。友美ちゃんとも、ここでしたんでしょう？　だったら、わたしもしたいのぉ。厨房では、したことがなかったしぃ」

なるほど、彼女から亜沙子と友美とどこでしたか問われたとき、奏太はすべて正直に答えていた。どうやら、奏太と女子大生が厨房でも行為に及んだのを知ったことが、この求めに繋がったらしい。

また、今の言葉で亡夫とはここでしたことがない、というのも分かる。どうやら、浩平は寝室以外でのセックスに抵抗感を抱いていたようで、控え室ですらしたことがなかった、という話だ。

つまり、早紀にとって厨房での行為は初めてなのだ。

（その割に、随分と積極的で……早紀さん、本当に遠慮がなくなった感じだよなぁ）

ついつい、そんな思いが脳裏をよぎる。

二度目の関係を持ってから、二人は時間さえあれば欲望のまま身体を重ねるようになっていた。

さすがに毎日ではないが、友美がいない日のランチタイムと夜の営業までの休憩時間にも、こうして求め合うことが増えたのである。

さらに別の日は、夜の営業が終わり、片付けも終えて女子大生が帰ったあと……。

「んあっ、あんっ、あんっ、奏太くぅん！　あっ、あんっ、ふあっ……！」

浴室に早紀の甘い喘ぎ声と、ジャバジャバという水の音が響き渡る。

今、奏太は浴槽で早紀と対面座位で繋がっていた。

風呂場だと、声や音がよく響くため、いつもと異なるエロティシズムが感じられる気がしてならない。

加えて、抱きつかれて胸に押しつけられたバストの感触や、お湯の中で一つになっている膣内の感触も、興奮を煽る材料になっている。

(ああ、本当になんだかまだ夢を見ているみたいだよ……でも、亜沙子さんと友美ちゃんのこともあるし、僕はどうしたらいいんだろう?)

ペニスからの快感とお湯の熱で朦朧とした奏太の脳裏に、ついそんな思いが浮かんできた。

こうして、まるで夫婦のように求め合っているものの、早紀は「わたしは、まだ二十歳の奏太くんの人生を縛りたくないの」と言ってくれていた。

つまり、奏太が自分ではなく亜沙子と友美のどちらかを選んだとしても、その決断に文句をつける気はない、ということである。

それに、浩平が死んで一年経っていないのに、奏太にすべてを許してしまうのは気が引けるため、少なくとも一周忌が過ぎるまでは、身体の関係にとどめるつもりらしい。

もっとも、奏太自身もしばらく猶予ができたことに、正直なところ安堵していたのだが。

もしも、早紀が初めての相手だったら、まったく思い悩まずに彼女と今後の人生を歩む決意をしていただろう。

だが、爆乳の女教師と同い年の愛らしい女子大生の肉体を知り、今は彼女たちにも心惹かれるものを感じていた。

それに、亜沙子は奏太にとって初めての女性で、友美は処女を捧げてもらった相手である。ずっと憧れていた義叔母とは違う意味で、思い入れが生まれるのも仕方がないのではなかろうか？

（僕って、こんなに優柔不断だったんだな……）

「んあっ。もう、奏太くん？　また、余計なことを考えていたでしょう？　わたしとするの、もう飽きちゃったの？」

動きを止めた早紀が、頰をふくらませてそんな不満を口にする。

「そ、そんなことないです。ただ、このままでいいのかって考えちゃって……」

「気にするのも分かるけど、それは今考えることじゃないでしょう？　今は、わたしと気持ちよくなることだけに集中して。わたしだけを見てぇ」

甘えるような彼女の言葉で、奏太もようやく踏ん切りがついた。

「分かりました。それじゃあ、今度は僕がしてあげます」

そう言うと、奏太は若き義叔母を満足させるため、腰を突き上げだした。

「あんっ、それぇ！　ああっ、あんっ、あんっ……！」

さらに、早紀が悦びの声を浴室に響かせ、いっそう強く抱きついてくる。

たちまち、膣肉が陰茎にいちだんと吸いつくように絡みついてきた。

（くううっ！　早紀さんの中、今日はいつもより熱いし、本当にチ×ポがとろけるみたいで……お湯のせいかな？）

そんなことを考えつつ、奏太は射精に向けて腰の動きをさらに速めるのだった。

3

ある日曜日の昼過ぎ、私服姿の奏太は、「浩々飯店」の控え室で正座しつつ、背中に冷や汗が流れるのを抑えられなかった。

何しろ、目の前には同じく私服姿の、亜沙子と早紀と友美が並んで座っているのだ。

今日は、早紀の希望で数日前から一日中の臨時休業を決めていたのだが、友美はともかく亜沙子まで呼ばれていたのは、まったくの想定外である。

関係を持った三人の女性が揃い踏みしていることに、さすがに奏太も平常心を保つのが難しかった。

「今日は、わざわざ休みにしてもらってごめんなさい。さすがに、日曜日以外は時間が取れなかったから」

と、亜沙子が早紀に向かって言った。

どうやら、今日の休業は女教師の要望だったらしい。

「それで、奏太くんも交えて、一度お話をしたいってことだったけど？」

と、若き義叔母が首を傾げて訊く。

「そうですね。ま、みんなそれぞれ気付いていると思うけど、わたしたちは奏太と身体の関係を持った、言わば竿姉妹になっているわけで」

「ちょ、ちょっと亜沙子さん？　国語教師なんだから、もうちょっと言い方を……」

あけすけな言葉を聞いて、早紀が赤面しながら泡を食った様子で口を開く。

「と言われても、他は『棒姉妹』くらいですよ？　だったら、どっちも変わらないでしょう？」

そんな爆乳女教師の反論に、義叔母は「うっ」と言葉を詰まらせてしまう。

ただ、奏太が気になったのはそこではなかった。

「えっと、亜沙子さんも、僕と友美ちゃんや早紀さんとのことに気付いて……？」

「そりゃあねぇ。友美ちゃんは、奏太への好意がけっこう分かりやすかったもの。早紀さんは、接客態度だけだと分かりにくかったけど、最近の奏太の態度とか、二人が話している姿とか見ていたら、一線を越えたってすぐに気付いたわよ」

こちらの問いかけに、亜沙子が肩をすくめて応じる。

「あっ。あたしも、奏太さんと早紀さんが深い仲になったって、とっくに分かっていました。一応、知らないふりをしていましたけど」

(うげっ。友美ちゃんにも、気付かれていたのか)

女子大生の言葉に、奏太は内心で頭を抱えていた。

とはいえ、もともとこちらの気持ちも察していた友美なので、二人の関係の変化を見抜くくらいは朝飯前だったのかもしれないが。

ただ、隠していたつもりだったことが実はバレバレで、むしろ彼女たちに気を使われていたという事実を知ると、情けなさが先に立ってしまう。

しかし、それはそれとして、全員を集めた女教師の意図が分からない。

「そ、それで、亜沙子さんはいったい何をしたいの？」

早紀が、動揺を隠せないままそう問いかけると、

「ああ、そうでした。えっとですね、奏太のことだから、きっと早紀さんと結ばれたあとも、わたしと友美ちゃんの関係でウジウジ悩んでいるんじゃないかと思って、解決策を提案しようかと」

と、楽しそうに応じた亜沙子が、膝立ちして奏太のほうに近づいてきた。そして、身体を寄せてくるなり腕に爆乳を押しつける。

その突然の、あまりに意表を突いた行動に、奏太は「ほえ？」と声をあげて目を丸くすることしかできない。

早紀と友美も、女教師の行動に理解が追いつかないらしく、啞然とした表情を浮かべて言葉を失っている。

「ふふっ。どうせなら、みんなで奏太のオチ×ポをシェアしない？」

と、亜沙子が他の二人のほうを見て、妖しい笑みを浮かべながら切り出した。

「……な、何を言っているの、亜沙子さん？　オチ×チンをシェアするなんて……」

絞り出すように、早紀がそんな驚きの声をあげる。

だが、女教師はまったく意に介する様子もなく、

「だってぇ、わたしも奏太のオチ×ポを、すっかり気に入っちゃったんですもの。友

美ちゃん……もう、友美でいいか。友美だって、そうなんでしょう？」

と、愛らしい女子大生のほうを見て問いかけた。

「えっ？　あっ……えっと、はい」

急に話を振られた友美が、我に返って困惑の表情を浮かべつつも頷く。

「ということで、オチ×ポをシェアすれば、それぞれが欲求不満を抱えずに済むわけ。それに、みんなと愛し合えば奏太だって悩まずに済むでしょう？　お互いにとって、メリットがあると思わない？　ねっ、奏太？」

そう問われて、呆然としていた奏太もようやく正気を取り戻した。

「えっ？　あっ……と、はい。じゃなくて……あの、理屈はそうかもしれませんけど、でも……」

そこで、奏太は言葉を続けられなくなってしまった。

もちろん、これは魅力的な提案である。だが、さすがにすんなりと首を縦に振れるような内容でもなかった。

(エロ漫画なんかじゃ、ハーレム展開はよくあるし、僕もそういうのは好きだけど、実際にやるっていうのは、人としてどうよ？)

そんな迷いにも似た思いを、抱かざるを得ない。

すると、不意に股間のモノをズボンの上からまさぐられて、奏太は生じた性電気のせいで思わず「あうっ」と声をあげてしまった。

目を向けると案の定、亜沙子が手を伸ばして一物を弄んでいる。

「ここ、もうこんなになって。わたしのオッパイで、興奮していたのよねぇ？　どう？　提案に乗れば、これからもこのオッパイを好きにできるし、早紀さんだけじゃなく友美やわたしとも、これからもエッチできるのよ？」

「そ、それは……あうっ！」

彼女の問いに返答しようとしたが、ズボンの奥でいきり立った分身を強めにまさぐられた心地よさで、言葉が続けられない。

「も、もうっ！　亜沙子さん、ズルイです！」

友美がそう言うと、女教師の反対側にやって来た。そして、対抗するように腕に胸を押しつけてくる。

亜沙子よりも控えめだが、弾力が強い若々しい乳房の感触が腕から伝わってくると、それだけで興奮がますます増してしまう。

「と、友美ちゃん？」

「奏太さん、好き。たとえ、奏太さんがあたしを選んでくれなくても、この気持ちでは誰にも負けたくない」

そう言って、彼女はいっそう強くしがみついてきた。

「ふふっ。友美も、けっこう積極的になったようねぇ。それじゃあ、どうせならここで四人でしちゃいましょうか？」

亜沙子が、なんとも楽しそうにそんなことを言う。

「なっ……何を言っているの、亜沙子さん!? 四人でなんて、そんな……」

呆気に取られた様子だった早紀が、あからさまに動揺を見せながら口を開いた。

もっとも、奏太も４Ｐなどまったく頭になかったので、驚きのあまり言葉が出なかったのだが。

すると、亜沙子が腕から身体を離すなり、肩を強く押した。

友美が抱きついたままだったものの、女教師に予想外に力強く押されたため、二人揃って畳に倒れ込んでしまう。

すると、女教師の顔がみるみる近づいてきて、仰向けになった奏太の唇を奪った。

「んっ。んむ、んちゅ、んちゅる……」

そのまま亜沙子が、声を漏らしながら身体を押しつけて、唇をついばむようなキスをしだす。途端に、プックリとした唇の感触が、自身の唇に広がった。

（ああ……亜沙子さんの唇……それに、匂いとオッパイの感触が……）

このところ、早紀の唇の感触は堪能していたが、女教師のはかなり久しぶりな気がしてならなかった。加えて、体温や匂いやバストの感触も異なる。

しかし、奏太にとって初めての相手の、馴染みのあるものなだけに、こうしているだけで牡の本能が刺激されてしまう。

さらに、亜沙子の手が改めてズボンの上から股間に這ってきた。そうして、奥の勃起にサワサワと優しい刺激を与える。

（うあっ！　こ、これ……気持ちいい！）

先ほどからいきり立ったままのそこを再び刺激されて、奏太は声を出せないために心の中で呻いていた。こんなことをされていては、すぐにでも射精してしまいそうな気がしてならない。

そうしてひとしきりキスと愛撫をすると、女教師はいったん唇を離した。

「ぷはあっ。ああ、奏太のオチ×ポ、ズボンの上から触るだけで逞しいのが分かってぇ……今すぐ、欲しくなってきちゃうわぁ」

妖しい笑みを浮かべながらの彼女の台詞に、劣情を煽られてしまうのは男の性《さが》とでも言えるだろうか？

「はっ。も、もうっ！　亜沙子さん、ズルイ！　あたしもします！」

我に返った友美が、そう言って身体を起こすと、横からこちらに顔を近づけてきた。

「と、友美ちゃん？」

「奏太さん？　あたし、奏太さんにもっとご奉仕したい。それで、ご褒美をいっぱいもらいたいのぉ」

そう言うと、彼女までがキスをしてきた。

「んっ……んむ、んちゅ……」

女教師の行為の上書きをするかのように、女子大生が情熱的に唇を貪る。

もちろん、その動きは亜沙子に比べればぎこちなかった。しかし、奏太を気持ちよくしたいという一生懸命さが伝わってきて、そのぶん女教師に勝るとも劣らない心地よさがもたらされる。

当然、彼女の言う「ご褒美」がなんなのかは、いちいち考えるまでもあるまい。

「あらあら。友美ったら、そんなに熱心に。それじゃあ、わたしはこっちを……」

と言って、亜沙子が奏太のズボンのベルトを外しだした。そして、ボタンも外してファスナーを引き下ろす。

「はっ。ちょっ……亜沙子さん!?」

目の前で始まった行為を呆然と見ていた早紀だったが、ようやく正気に戻ったらしく、悲鳴に近い声をあげた。

「どうしたんですか、早紀さん？　こっちに来て、一緒に奏太と愛し合いましょうよ？」

「そ、それは……でも、やっぱり四人でなんて……」

と、若き義叔母が言い淀む。どうやら、彼女は他の女性と一緒の性行為に、抵抗感を抱いているらしい。

「はぁ。だったら、早紀さんはそこで見ていてください。わたしと友美は、奏太をいっぱい気持ちよくして、オチ×ポで愛してもらいますから」

そう言うと、亜沙子がズボンを脱がし、パンツも脱がしてすっかりいきり立った肉棒を露わにした。

「ふふっ。もう、こんなに大きく……奏太ぁ？　わたしが童貞をもらったオチ×ポを、もっともっと気持ちよくして、あ・げ・る」

と、亜沙子が妖しい笑みを浮かべながら艶めかしい声で言う。

今は、友美に唇を塞がれていて声を出すことはできないが、どちらにせよこの状況下では彼女たちを拒む選択肢など取れっこあるまい。

「うぐ……ああっ、もう！　こうなったら、わたしだって！」

そそり立ったペニスを見て踏ん切りがついたのか、とうとう早紀までがそう口にして、こちらへとやって来る。

(こ、これは……僕、本当にどうなっちゃうんだろう？)

まるで、空腹の肉食動物に囲まれた小動物のような状況に、奏太は友美にキスをされたまま、恐怖心にも似た不安を抱かずにいられなかった。

4

「ンロ、ンロ……」

「はうんっ！　ピチャ、ピチャ……あんっ、レロロ……」

「んふっ、チロ、チロ……」

亜沙子と早紀と友美がペニスを舐め回す音が、「浩々飯店」の控え室に響く。

今、畳に寝そべった奏太の分身に全裸になった三人の美女が群がり、各々が舌を這わせていた。

奏太の上には、義叔母がまたがってシックスナインの体勢になっており、こちらも秘裂に舌を這わせている最中である。そのため、彼女の舌の動きは大きく乱れていた。

そして、亜沙子と友美は早紀とＹ字になるような格好で、熱心に一物を舐め回していた。もっとも、義叔母の身体で隠されて、奏太の位置から二人の姿を見ることはできないのだが。

（ううっ。早紀さんの乱れた舌の動きと、亜沙子さんと友美ちゃんの舌の動きが合わさって、普通より気持ちいいかも！）

若き義叔母の蜜を舐め取りながら、奏太はそんなことを思って、肉棒からもたらされる心地よさに酔いしれていた。

この快感は、一対一でしているときには決して味わえないものだ、と言っていいだろう。

何しろ、それぞれに異なる動きをする三枚の舌が、一本のペニスに群がっているのだ。しかも、思い思いに舐めていて統一感がないぶん、肉棒からもたらされる快楽の波が間断なく続いているのである。

もちろん、奏太としても本当は４Ｐなどとんでもない、と思っていた。だが、このトリプルフェラの快楽を前にしては、そんな常識的な考えなど霧散してしまう。

「んはあ。早紀さん、奏太さんにあそこを舐めてもらえて、羨ましいですぅ」

「ふはっ。仕方ないわよ。ジャンケンで負けたんだから、今日は自分の指で我慢しましょう」

友美と亜沙子が、そんな会話をしてから、また陰茎を舐めだした。

「んっ、んはっ、レロ、レロ……んふあっ、チロロ……」

「あんっ、レロロ……んふうっ、チロ、チロ……」

しかし、今度は二人の動きもかなり乱れ気味である。やり取りから察するに、彼女たちは自分の股間を弄りながら、奉仕を再開したのだろう。

(くおおっ！　き、気持ちよ過ぎ！　これ、すぐ出そう！)

三枚の乱れた舌の動きで、イレギュラーな心地よさがもたらされて、奏太は心の中で焦りの声をあげていた。これほどの快感が生じるというのは、まったく想定外の事態である。

何より、三人による淫らな声とフェラチオの音のハーモニーが、興奮を煽ってやまない。

(ああ……これ、本当に現実なのか？)

射精感が迫って朦朧としてきた奏太の頭に、ふとそんな思いがよぎる。

何しろ、真っ昼間からの４Ｐ、しかも自分は早紀とシックスナイン状態で、そこに己の秘部を弄っている友美と亜沙子からの奉仕まで受けているのだ。

　このようなことになるとは、彼女たちが揃ったときにも思いもよらなかった、と言わざるを得ない。

　それだけに、クンニリングスで若き義叔母の恥部の匂いと愛液を味わい、肉棒からの強烈な心地よさに酔いしれながらも、まだ淫らな夢の中にいるような非現実感を抱かずにはいられなかった。

「んあっ。奏太くんっ、ああっ、お汁がっ、あんっ、溢れてぇ！　んあっ、もうっ、はうっ、出そうなのねっ？　レロ、レロ……」

　カウパー氏腺液に気付いたらしく、早紀がそう言って先端部に舌を這わせだす。

「ああっ。最後は、わたしたちもぉ！　チロ、チロ……」

「はううっ、分かりましたぁ！　あんっ、ピチャ、ピチャ……」

　女教師と女子大生も、そんな会話をしてから肉棒に手を重ねて縦割れの唇に舌を這わせてくる。

　そうして、それぞれの舌が先端部に集中的に這い回ると、鮮烈すぎる性電気が一気にもたらされる。

（くうっ！　こ、これは……もう、出る！）

我慢しきれなくなった奏太は、早紀への愛撫も忘れて心の中で呻くと、呆気なくスペルマを発射していた。

「ひゃううっ、出たぁ！」

「ああーっ！　熱いザーメン、いっぱぁい！」

「はううっ！　これ、すごいですぅ！」

早紀と亜沙子と友美のそんな悦びの声が、控え室に響く。

（くううっ、すごっ……マジで、いっぱい出て……）

想像以上の激しい射精に、奏太は内心で驚きの声をあげていた。

４Ｐの興奮のおかげか、与えられた快感の大きさのせいか、少なくとも前戯の段階でこれほどの量の精液が出たのは初めてという気がする。

そのため、精の放出と共に身体の力まで奪われていくような感覚に見舞われている。

もしかしたら、文字通り精根尽き果てるまでスペルマが出続けるのではないか、という不安すら感じだしたところで、ようやく射精が終わった。

「はあぁ……奏太くん、すごくいっぱい出したわねぇ？」

「ふあぁぁ……奏太、それだけ気持ちよかったのよね？」

「ふはぁ……奏太さぁん、やっぱりすごいですぅ」

三人が、それぞれに恍惚とした声でそんなことを言う。

奏太が射精の余韻で放心していると、早紀が名残《なごり》惜しそうに上からどいた。

そうして視界が開けたため、三人のほうに目を向けてみる。

すると、彼女たちは顔に白濁液を付着させたまま、期待に満ちた濡れた目でこちらを見ていた。いや、正確にはあれだけの射精の直後にもかかわらず、硬度を維持したままの肉茎を見つめている、と言うべきか。

ただ、そんな美女たちの姿を見ただけで、奏太も己の興奮が射精で収まるどころか、ますます高まっていくのを感じずにはいられなかった。

5

「はあー。それじゃあ、まずはわたしからよぉ。奏太ぁ、早くその逞しいオチ×ポを、わたしに挿れてぇ」

顔の精を処理し終えると、亜沙子がそう言って尻をこちらに向け、四つん這いになった。すると、自分で弄っていたこともあってすっかり濡れそぼった秘裂が、奏太のほうに突き出される。

そこは、愛液を垂れ流しながら、男性器の挿入を待ち構えるかのように微かにヒクついていた。

その淫らな光景に興奮を煽られた奏太は、フラフラと女教師に近づいた。そして、三人の唾液にまみれた一物を握って、その割れ目にあてがう。

「ああ、奏太さんのオチ×チンがぁ……」

「これもジャンケンで決めたことだけど、なんだか複雑ね……」

友美と早紀の、そんな切なそうな声が横から聞こえてくる。

その言葉どおり、セックスの順番も行為を本格的に始める前に、「事前に順番を決めておいたほうがいい」という亜沙子の提案で、トリプルフェラと同様、先に決められていた。

実際、いざ挿入となったところで順番を巡って争っていては、せっかくの昂りも冷めてしまうかもしれない。こうして、他の二人が複雑そうな心境ながらも抗議や妨害をしてこないのは、事前に順番を決めていたおかげなのは間違いないだろう。

そんなことを考えつつも、奏太は腰に力を入れた。

「んはああっ！　奏太のオチ×ポッ、入ってきたぁ！」

同時に、爆乳女教師が歓喜の声をあげて、ペニスを受け入れる。

そうして、奥まで挿れると、奏太はいったん動きを止めた。

「んああ……なんだか、すごく久しぶりな気がするぅ。こうして、奥までミッチリ埋められる感覚、やっぱりすごすぎよぉ」

身体を小刻みに震わせながら、亜沙子がそんなことを口にする。

実際、奏太も絡みつくような彼女の膣肉の感触は、随分と久々な気がしていた。逆に言えば、このところ早紀とそれくらい頻繁にしていた、ということになるのだろうが。

「あの、奏太さんのオチ×チンって、他の人より大きいんですか？」

横から、友美が女教師にそう問いかけた。

他の男を知らない女子大生としては、その点がやはり気になるらしい。

「ん？　ああ、友美は奏太が初めてだったっけ？　そうねぇ。少なくとも、わたしは奏太よりオチ×ポが大きい人と付き合ったことはないわ」

「そうなんですか？　それじゃあ、そんなにすごいオチ×チンが初めてのあたしって、もしかしてラッキー？」

「そうとも言えるし、言えないかもしれないわよ。確かに、奏太のオチ×ポは大きくて気持ちいいけど、これが基準になっちゃうと、そこらの男じゃ満足できなくなると思うもの。奏太と別れたら、次の相手を探すのにきっとすごく苦労するわよぉ」

「別れたらって……まだ、どうなるか分からないし」

亜沙子のからかうような言葉に、女子大生が少し不快そうな表情を浮かべて言った。

さすがに、自分が負ける前提の話をされるのは我慢がならなかったらしい。

「ま、それもそうね。先のことを考えるより、今はこの場を大事にしなきゃ。というわけで奏太、動いて。わたしを、いっぱい気持ちよくしてぇ」

女教師にそう促されて、奏太もようやく我に返った。

「あっ。は、はい。それじゃあ」

と、慌てて彼女の腰を摑み、少し乱暴な抽送を開始する。

「んっ、あっ、あんっ、これぇ！　はうっ、子宮口っ、あんっ、強くノックッ、はうっ、されてぇ！　ああっ、最高よぉ！　あっ、ああんっ、はううっ……！」

たちまち、亜沙子が歓喜の喘ぎ声をこぼしだした。

それが演技ではなく心からの悦びの声だというのは、膣肉の蠢き具合からも伝わってくる気がする。

（くうっ。亜沙子さんの中が、チ×ポにウネウネと絡みついてきて……思えば、亜沙子さんとエッチしたのが始まりだったよなぁ）

ピストン運動をしながら、奏太の脳裏にそんな思いがよぎった。

この九歳上の爆乳女教師に誘惑され、童貞を奪われてセックスの快楽を教えられた。それからは、今までのモテない生活が嘘のように友美、さらに憧れの早紀とも関係を持てたのである。

彼女がいなかったら、奏太は他の二人ともこのような間柄になっていなかったかもしれない。

（そう考えると、亜沙子さんには感謝しかないよなぁ）

そんな思いを込めて、奏太は抽送をますます強めた。

「ひゃうんっ！　ああっ、激しっ、はううっ、でもいいっ！　しょれっ、はううっ、しゅごぉ！　ああんっ、はあっ、あああっ……！」

たちまち、女教師の喘ぎ声のトーンが跳ね上がった。そして、垂れ下がった爆乳がタプンタプンと音を立てて大きく揺れる。

「亜沙子さん、とっても気持ちよさそう。いいなぁ」

「そうね。こうして見ているだけで、こっちまで興奮してきちゃうわ」

友美と早紀が、横でそんな会話を交わすのが聞こえてくる。

とはいえ、今はそれに反応する余裕はないため、奏太はピストン運動に集中した。

「はうっ、あんっ、あんっ、はあんっ……！」

亜沙子のほうも、もはや言葉もなくひたすら喘ぐだけになっている。

あとは、このまま彼女を絶頂まで導けば……と奏太が考えたとき。

「んー、ただ見ているだけっていうのも、なんだか芸がない気が……そうだ。友美ちゃん、わたしたちも二人のことを手伝いましょう？」

「えっ？　手伝う？」

「ええ。友美ちゃんは、亜沙子さんのオッパイをお願いね。わたしは、下のほうをするから」

そんなやり取りをしてから、早紀が結合部に近づいてきた。

「あ、あの、早紀さん？」

奏太が、ピストン運動を続けつつ困惑の声をあげると、若き義叔母が悪戯っぽい笑みを浮かべてこちらを見た。

「大丈夫。もっと気持ちよくしてあげるから」

そう言って、彼女は結合部に指を這わせだした。その位置から考えて、どうやらクリトリスを弄りだしたらしい。

「ひゃうんっ！　しょこぉ！　ひゃううっ、らめぇ！　あひいっ、ああっ……！」

たちまち、亜沙子が悲鳴のような喘ぎ声をこぼす。

「……それじゃあ、あたしも失礼しまぁす」

と、友美もようやく意を決したらしく、女教師の爆乳を鷲掴みにした。

「うわぁ。これが亜沙子さんのオッパイ……すごぉい」

そんな感嘆の声をこぼしつつ、女子大生がふくらみを揉みしだき始める。

おそらく、彼女もこれほどのボリュームの乳房に生で触れたことはないのだろう。

「ふひゃああっ！　しょんなっ、ひゃううっ、おかひくっ、あああっ、なりゅう！　はああっ、快感っ、ああんっ、抑えりゃれなひぃぃ！　ああっ、ひゃんっ、きゃふうんっ……！」

女教師が髪を振り乱し、もはや半狂乱といった喘ぎ声を室内に響かせる。

ここまで乱れる彼女の姿は、奏太も初めて目にしたかもしれない。

(くうっ。オマ×コが、すごく締まって……)

二人の愛撫によって、膣肉の締めつけが一気に強まった。それだけでなく、うねりも増して分身に鮮烈な刺激をもたらす。

おかげで、射精感がたちまち込み上げてきてしまう。

「ああ、ヤバイ！　出る！」

あっという間に限界に達した奏太は、腰を引く間もなく亜沙子の中にスペルマをぶちまけてしまった。

「はひいいい！　中ぁぁ！　はあああぁぁぁぁぁぁぁぁぁん!!」

射精を感じた瞬間、爆乳女教師もおとがいを反らして全身を強張らせ、絶頂の声を張りあげた。

（くおっ。搾り取られる……）

今日二度目とは思えない、予想外に激しいスペルマの放出に、奏太は内心で呻き声をあげていた。まさか、一度目と大差ないほど大量に精液が出るとは、いささか想定外と言うしかない。

そうして、彼女は射精が終わるまで身体をヒクつかせていた。

「友美ちゃん、手を離して」

亜沙子の全身から力が抜けた頃合いを見計らって、早紀が股間から指を離して指示を出す。

友美が素直に乳房から手を離すと、爆乳女教師はすぐにその場にグッタリと突っ伏してしまった。

奏太も腰を引いて分身を抜くと、支えを失った亜沙子は完全に四肢を畳に投げ出した。そうして、「はぁ、はぁ……」と荒い息をついている彼女は、すっかり放心した様子である。それだけ、大きなエクスタシーを味わったということだろう。

ただ、股間から白濁液と愛液の混合液を垂れ流しながら、畳にうつ伏せになっている女教師の姿が、やけに色っぽく思えてならない。

すると、友美が奏太の前にやって来た。

「それじゃあ、次はあたしの番ですね？　あの、あたしはいっぺん自分で挿れたり、動いたりしてみたいって思っていたから、今回は奏太さんが下になってください」

と、彼女が童顔になんとも妖艶な笑みを浮かべて、リクエストを口にする。

こんな表情をされては、あれこれ言う気にもならない。

そこで、奏太が素直に身体を畳に横たえると、女子大生はすぐにまたがってきた。

それから彼女は、おずおずと愛液と精液にまみれた一物を握って、腰の位置を合わせた。亜沙子に愛撫していたことで自身も昂っていたのか、その秘裂は新たな蜜で濡れそぼっている。

「んっ、自分でするの、やっぱりちょっと恥ずかし……あんっ。それじゃあ、挿れまぁす」

そう言いつつ、先端を割れ目にあてがった友美は、ゆっくりと腰を沈めだした。

「んんっ……入ってくるぅ。奏太さんのオチ×チン、あたしの中にぃ」

腰を下ろしながら、彼女がそんなことを口にする。

さすがに、まだ少しおっかなびっくりという感じが、その表情や行動から伝わってきた。もっとも、初の騎乗位なのだから、それも仕方あるまいが。

ただ、そんな初々しい姿が、亜沙子や早紀とは異なる魅力を醸し出しているように見えてならない。

間もなく、一物が小柄な女子大生の中にスッポリ収まり、彼女の動きが止まった。

「んはあああっ！　子宮にキスぅぅ！」

同時に、おとがいを反らし、友美が甲高い悦びの声をあげる。それから、彼女はやや前屈みになって、奏太の腹に手を着いた。

「んあああ……これぇ……奏太さんのオチ×チン、あたしを満たしてくれてぇ」

そんなことを口にしながら、女子大生が潤んだ目でこちらを見つめる。

一方の奏太のほうは、彼女になんと声をかけていいか分からず、ただ黙っているしかない。

それでも、見つめ合っただけで満足したのか、友美は口元に笑みを浮かべた。

「じゃあ、動きまぁす。んっ、んっ、子宮っ！　あっ、あんっ、本当っ、はううっ、突かれるぅ！　んあっ、これっ、ひゃうっ、すごぉ！　はあっ、ああっ……！」

と、腰をゆっくりと上下に動かしだすなり、彼女はすぐに甲高い喘ぎ声をこぼしだした。

もちろん、動き自体はぎこちなく、それほど大きくなかった。しかし、子宮口をノックされているため、充分な快感を得ているらしい。

(友美ちゃん……ほんのちょっと前まで処女で、それを僕がもらって……そんな子が、今は僕の上で自分から腰を振って、気持ちよさそうに喘いでいるなんて……)

そのことが、なんとも不思議な気がしてならなかった。

同時に、他の男を知る早紀や亜沙子と違って自分が彼女を開発したのだ、という優越感にも似た思いを抱かずにはいられない。

「あんっ、あんっ、奏太さんっ、あっ、ああっ……！」

こちらの思いを知ってか知らずか、友美は懸命に腰を動かして快楽を貪っていた。

ただ、既に二度大量に射精しているため、彼女のやや稚拙といえる抽送では容易に達しそうにない。

奏太がそんな危惧を抱いたとき、早紀が従業員の背後に回り込んだ。そして、二つのふくらみを両手で鷲摑みにする。

「ふやんっ！　さ、早紀さん？」

突然のことに、友美が素っ頓狂な声をあげて動きを止める。

「そのままじゃ、奏太くんがいつまで経ってもイケそうにないし、わたしが手伝ってあげるわねぇ」

そう言って、若き義叔母がムニムニと乳房を愛撫し始める。

「やっ、それぇ！　あんっ、オチ×チンッ、あうっ、挿れたままぁ！　ひゃうっ、揉まれたらぁ！　ああんっ、変な感じにっ、はううんっ、なっちゃうよぉ！」

と、女子大生がたちまち甘い喘ぎ声をこぼしだす。丁寧語を忘れているところからも、かなりの快感を得ているのが伝わってくる。

「ほら、自分ばっかりよくなっていないで、ちゃんと腰を動かして奏太くんも気持ちよくしてあげなきゃ」

オーナーのそんな指示を受けて、友美がどうにかこうにかという感じで抽送を再開した。しかし、その動きは先ほどより大きくなったものの、相当に乱れ気味である。

「はあっ、あんっ、これぇ！　はうっ、恥ずかしっ……ああんっ、でもぉ！　ひゃうっ、よしゅぎてぇ！　ああっ、あうんっ、はああっ……！」

童顔の女子大生が、おとがいを反らして甲高い喘ぎ声をあげる。

その未成年と見紛うような顔に浮かぶ艶めかしさが、やはり早紀や亜沙子とは異なる背徳感を呼び起こし、昂りに結びつく気がしてならない。

ましてや、若き義叔母が背後から乳房を揉みしだいているのだから、いつもならばこのシチュエーションだけでも、興奮のあまり射精してしまっていたかもしれない。

だが、今の奏太にはそれでもまだあと一押しが足りない感じがしていた。

「あんっ、はああっ、あたしぃ！　あひっ、すぐにっ、はああっ、イッちゃいそうだよぉ！　はううっ、ああんっ……！」

間もなく、友美が切羽詰まった声をあげだした。

抽送しつつ胸を揉まれていることもあるが、事前に自分で弄っていたために快感をまったく抑えられずにいるのだろう。

(このままじゃ、友美ちゃんが先にイッちゃうな。どうしよう？)

できることなら、一緒に達してあげたいが、こちらが腰を動かせばかえって彼女をエクスタシーへと導いてしまう可能性がある。そうなると、射精を早める手段など思いつかない。

奏太が、快感に酔いしれながらどうするべきか考えていると、横から亜沙子が顔を見せた。まだ絶頂の余韻が残っているのか、彼女の頬はほのかに紅潮し、目も潤んだままである。

「ふふっ、奏太ぁ。わたしも、手伝ってあげるねぇ」

そう言うと、女教師はこちらの返事も聞かずに唇を重ねてきた。そして、そのまま舌を口内にねじ込んでくる。

「んっ。んじゅる……んむ……」

そうして、舌を絡め取られると、舌同士の接点からなんとも言えない性電気が生じる。それと共に、下腹部に熱いモノが発生しだした。

「ひゃううんっ！　オチ×チンッ、ああっ、跳ねてぇ！　あんっ、あたしっ、はうっ、本当にっ、はああっ、イッちゃううぅ！」

そう甲高い声で言いながら、友美が腰の動きを速める。

すると、彼女の狭い膣肉が収縮して肉棒を刺激しだす。

（くおおっ！　これもよすぎ……！）

口を塞がれているため、奏太は心の中で呻き声をあげていた。

亜沙子にディープキスをされている、というのはもちろんだが、そのネットリとした舌使いの巧みさが、性感を掻き立ててやまない。

そうして、口内と一物からの快感が脳内でミックスされることにより、それまで以上の昂りが生じた。それによって、射精感が一気に促される。

「はあっ、ああっ、もうっ！　あんっ、あんっ、イクッ！　ああっ、あたしっ、イッちゃうよぉぉぉ！　んはああああああぁぁぁぁぁぁぁ!!」

先に、童顔の女子大生がおとがいを反らして甲高い絶頂の声を張りあげた。

同時に膣肉が激しく収縮し、ペニスに甘美な刺激がもたらされる。

（くうっ！　僕も出る！）

限界に達した奏太は、心の中で呻きながら彼女の中に出来たてのスペルマを注ぎ込んでいた。

「はああ……お腹の中ぁ、熱いの出てるぅぅ……ほとんど一緒にぃ……嬉しいよぉ」

身体を震わせながら、友美がそんなことを口にする。

やがて、射精が終わったのを見計らって、亜沙子が唇を離した。そこで、女子大生の顔を見ると、彼女はなんとも幸せそうな表情を浮かべ、すっかり放心した様子だった。早紀が後ろから胸を摑んでいなければ、奏太に向かって倒れ込んでいたに違いあるまい。

「んはああ、幸せぇ……ずっと、こうしていたいよぉ」

「駄目よ、友美ちゃん。わたしがまだなんだから、早くどいて」

絶頂の余韻に浸る従業員に対し、胸から手を離した早紀が少し苛立った口調で促す。

そのため、友美は「ふぁい」と間の抜けた声をこぼしつつ、気怠そうに腰を持ち上げた。

すると、白濁液がかき出されてペニスや腰回りに落ちる。

そうして、彼女が横にズレて畳にペタン座りをすると、若き義叔母が奏太を濡れた目で見つめた。

「やっと、わたしの番よ。わたしは、やっぱり正常位でお願いしたいわぁ」

そのリクエストに、奏太は「はい」と応じて身体を起こした。

正直、立て続けの三発の射精で、さすがに腰に疲労感はある。が、憧れの相手の艶めかしさを前にすれば、もう少し頑張れそうな気はしていた。

そうして、彼女が畳に寝そべったため、奏太が脚の間に入ろうとしたとき。

「ちょっと待って。せっかくなら、こうしたらどうかしら？」

と亜沙子が早紀の頭のほうに回り込んだ。そして、彼女の上体を抱え起こす。

「えっ？　ちょっと、亜沙子さん？」

さすがに、早紀が困惑の声をあげ、女教師を見ようとした。が、爆乳の谷間に顔を挟まれる格好になって上手く動けなくなったらしく、ややもどかしそうにしている。

「奏太、このままオチ×ポを早紀さんに挿れてあげてちょうだい」

と、構わずに亜沙子が指示を出してくる。

その有無を言わさない口調に、奏太はついつい「はい」と答え、義叔母の脚の間に入り込んで一物を秘部にあてがった。

「ちょっと、奏太くん？　この体勢は待っ……ひあああんっ！」

抗議しようとした早紀だったが、肉茎が入ってきた途端、おとがいを反らして甲高い声をあげ、言葉を中断させてしまう。

ペニスを奥まで突き入れると、奏太はすぐに彼女の腰を持ち上げた。そうして、二人がかりで早紀の身体を浮かせたような体勢になって、すぐに抽送を開始する。

「はううっ！　やんっ、あっ、これぇ！　はううっ、いつもとっ、ああんっ、違うのぉ！　ああっ、オチ×チンがっ、ひううっ、ああっ……！」

と、たちまち早紀が喘ぎ声をこぼし始める。

「早紀さん、とっても気持ちよさそう。でも、こうしたらもっとよくなりますよぉ」

そう言って、亜沙子が未亡人の乳房を鷲掴みにして揉みしだきだした。

「ふやあんっ！　突かれてるのにっ、ひううっ、オッパイッ、ああんっ、揉まないでぇ！　あふうっ、やはうっ！　ああっ、きゃううっ……！」

若き義叔母が、もはや悲鳴と言ったほうがいいような甲高い声で喘ぐ。

「わたしと友美ちゃんもされたんだから、これはお返しですよぉ」

と、女教師は楽しそうに言って愛撫を続けた。どうやら、自分たちだけがやられっぱなしになるのは、我慢がならなかったらしい。

（くうっ。オマ×コの中が、すごくうねる！）

奏太は、抽送を続けながら、心の中で呻き声をあげていた。

乳房を愛撫されているからか、早紀の膣肉はいつも以上にうねりが大きく、分身に甘美な刺激をもたらしていた。一発出した程度だったら、この蠢きに耐えきれずにあっという間に暴発していたかもしれない。これを我慢していられるのも、既に三発出したおかげと言える。

それにしても、爆乳の谷間に顔を挟まれ、胸を揉まれながらピストン運動で喘ぐ早紀の姿は、いつもとまた違ったエロティシズムを漂わせていた。

（これを見られただけでも、４Pをした甲斐があったかもな）

そんなことを漠然と思いながら、奏太が抽送を続けていると、

「はああっ、わたしっ、もうっ……ひゃうっ、はああっ……！」

と、早紀が切羽詰まった声をあげだした。どうやら、絶頂が近いらしい。

随分と早い気はするが、何しろトリプルフェラの時点で奏太に秘部を舐められていて、エクスタシーに達する前に行為を中断されたのだ。しかも、他の二人がセックスしているところを、手伝いをしながらもずっと見ていたのである。

ようやく待望のモノを受け入れた上に、亜沙子に乳房を愛撫されては、快感を堪えきれなくなるのも仕方がないことかもしれない。

（とはいえ、僕はまだイケそうにないんだけどな。このままだと、早紀さんだけ先にイッちゃうことに……どうしよう？）

三度の射精をした直後だけに、奏太にはさすがにまだ余力があった。

ここまで、女教師と女子大生とはほぼ同時に達することができた。それだけに、憧れの義叔母とも一緒にイキたいという気持ちはあったが、この状況でタイミングを合わせるのは難しい気がする。

どうしたものか、と奏太が思案しだしたとき、不意に背後から友美がもたれかかるように抱きついてきた。

「奏太さぁん。あたしもぉ、手伝ってあげますねぇ。レロ、レロ……」

と、童顔の女子大生が自分の胸を背中に押しつけながら、奏太の首筋に舌を這わせ始める。

「くおっ、それっ……」

思いがけないところから性電気が生じて、奏太は思わず声を漏らしていた。おかげで、突き上げのリズムが崩れてしまう。

「ひあんっ！　動きがぁ！　ああっ、駄目ぇ！　あうっ、もうっ……ひゃううっ、もうっ……ああっ、はううっ……！」

ピストン運動が乱れたことで、早紀の声がより切迫したものになった。

ただ、それによって膣肉の蠢きがますます強くなり、肉棒への刺激がよりいっそう増す。

（くうっ！　こっちも一気に来た！）

急速に射精感が高まり、奏太は後ろに女子大生がくっついているため動きにくさを感じつつも、抽送の速度を速めた。

「はあっ、あっ、激しっ……イクッ！　ああっ、イクッ！　もうっ……イクうううううううううう!!」

とうとう、早紀が絶頂の声を控え室に響かせた。

同時に、膣肉が激しく収縮する。

「うおっ。出る！」

その蠢きで限界を迎えた奏太は、そう口走るなり彼女の中に出来たての精をたっぷりと注ぎ込んでいた。

エピローグ

「いらっしゃいませ！　お二人様ですね？　少々お待ちください！」

「奏太くん、麻婆豆腐二丁、青椒肉絲一丁、ラーメン一丁、お願い。ラーメン、都合四丁！」

「はいっ！　あ、二番テーブルの餃子三丁、上がったんでお願いします！」

客で賑わう夜の店内に、友美と早紀と奏太の声が行き交う。

六月になって、中華食堂「浩々飯店」は浩平の生前と変わらない賑わいを取り戻していた。いや、もしかしたらそれ以上に客が来ているかもしれない。

もちろん、浩平の味を忠実に再現した奏太の料理の評判が広がり、常連客がかなり戻ってきたことが、繁盛の大きな要因である。

しかし、実はそれ以外にも客が来るようになった理由があった。

「おっ。今日は、当たりだったね」

「おおっ、二人ともチャイナドレスじゃん。こういう町中華で、あの格好での接客は珍しいなぁ」

「いつもじゃないんだよ。気まぐれで着るから、拝める日はラッキーなんだ。特に、ここしばらくは外れが続いていたからな」

常連の男性客と、もう一人の男性のそんな会話が出入り口のほうから聞こえてくる。

彼らの会話のとおり、今日の早紀と友美は、チャイナドレスにエプロンという格好で接客をしていた。

早紀は、青色に金の刺繍が入ったロング丈のチャイナドレス、友美は赤色にカラフルな模様の膝下まで隠れる長さのものである。

「お待たせしました。お席にご案内します」

と、友美が二人の客を席に誘導する。

「ねえ？　なんで、チャイナドレスを着るようになったのさ？」

着席するなり、常連ではないほうの男性客が女子大生にそう問いかけた。

「あはは。ちょっと前に、お客様の結婚報告会でコスプレパーティーをして、そのときにあたしたちもチャイナドレスを着たんです。その評判がよかったから、たまにはこの格好もいいと思って。ただ、制服にしちゃうとすぐ飽きられそうだから、いつ着るかは気まぐれってことにしたんですよ」

友美の説明に対し、客が「なるほどねぇ」と納得した声をあげる。

高級中華料理店ならともかく、町中華で（たまにとはいえ）チャイナドレスを着て接客をする店は、極めて珍しいはずだ。だからだろう、二人が不定期にこれを着用するようになってから、客が増えたのは紛れもない事実だった。

先ほど、常連客が「当たり」「外れ」と言っていたように、彼らは来店時に早紀と友美が今日はチャイナドレスか否かを気にするようになったのである。

（もっとも、それは理由の半分なんだけど……）

調理を続けながら、奏太は内心でそんなツッコミを入れていた。

すると、引き戸が開く音がした。

「こんばんはー」

「あっ。いらっしゃいませ、亜沙子さん」

「亜沙子さん、いらっしゃい。いつもの席にどうぞ」

女教師の声がして、友美と早紀の挨拶もすぐに聞こえてくる。

そして、彼女が定位置のカウンター席に座った。

「奏太、こんばんは」

「こんばんは、亜沙子さん」

手を動かしながら挨拶を返し、奏太は内心で肩をすくめていた。

（ま、今日、亜沙子さんが来るのは、二人がチャイナドレスを着た時点で分かっていたんだけどね……）

実は、早紀と友美がこれを着用するのは、女教師が来店するときに限られていた。

もっとも、必ずというわけではないので、常連客たちもその法則には気付いていないだろうが。

そして、客へのサービスという以外の本当の理由を知っているのは、当事者である奏太たち四人だけなのである。

こうして、二十三時の閉店時間になり、亜沙子以外の客も全員帰って、後片付けを終えたあと。

「ンロ、ンロ、んはっ。奏太くぅん……レロロ……」

「ピチャ、ピチャ、奏太のオチ×ポ、久しぶりぃ。チロロ……」

「んはっ。亜沙子さん、がっつき過ぎですぅ。レロ、レロ……」

今、下半身を丸出しにして客席の椅子に座った奏太の足下には、チャイナドレスの前をはだけてふくらみを露わにした早紀と亜沙子と友美が跪き、トリプルフェラをしていた。

もともと着用していた二人は、もちろん店で着ていたものだが、亜沙子もわざわざターコイズブルーのチャイナドレスに着替えている。

しかも、女教師は接客するわけではないからか、もともと胸の谷間が見えるようなデザインで、前開きのチャイナドレスを着ていた。その前をはだけて、爆乳を惜しげもなく露わにしているのが、なんとも妖艶に思えてならない。

早紀と友美が着用しているチャイナドレスは、本来なら後ろファスナーで開けるタイプで前をはだけられないはずだった。しかし、二人は前を開けられるようにドレスを改造したのである。

「そのほうが、奏太くんは好きそうだし」

とは早紀の弁だが、実際に上半身をすべて引き下ろすよりも、ドレスの前をはだけて胸を出しているほうがエロティシズムが増しているように感じられた。

(それにしても、やっぱり早紀さんと友美ちゃんがチャイナドレスを着た日は、こうなっちゃうんだよな……)

分身からの快感に酔いしれながら、奏太はそんなことを考えていた。

二人が、接客時にチャイナドレスを着るのは、実は「閉店後に４Pをする」という奏太への合図なのである。彼女たちは、事前に連絡を取って各々の都合を合わせていたのだ。

特に、視線を意識すると興奮する質《たち》の早紀が、このルールを気に入っていた。なんでも、客たちから好奇の目で見られて気持ちが昂ることで、自身もセックスのときに感じやすくなるらしい。

もっとも、教員の亜沙子は翌日のこともあるし、友美も一限目の授業がある前日は厳しいため、三人が揃ったら毎回こうなるわけではなかったが。

しかし、それぞれの都合がつくと、チャイナドレスで接客したあと閉店後に亜沙子も着替えて４Pをするのが、今やすっかり習慣になっていた。

特に、中間テストに続いて体育祭とイベントが立て続けにあって、このところの女教師は来ても食事だけして帰ることが多かった。それだけに、今日は久しぶりの奏太のペニスを堪能しているらしい。

「んはっ、チロロ……」

「ンロ、ンロ、レロロ……」

「チロ、ピチャ……」

早紀は竿の側面を、亜沙子は亀頭を、友美は肉棒の根元を、それぞれが熱心に舐め回す。

（ああ……何度見ても、これは夢なんじゃないかって思っちゃうよなぁ）

もたらされる快感に浸りながら、奏太はついついそんなことを考えていた。

何しろ、三人の異なる魅力を持つ美女が、足下に跪いて分身に奉仕してくれているのだ。

一生のうちで、このような経験をできる人間など、おそらくそう多くないだろう。

その意味で、今は極めて恵まれていると言っていい。

とはいえ、ほんの数ヶ月前まで童貞だった自分が、今では三人の美女を侍《はべ》らせているのだ。こんな日が来るとは、「浩々飯店」で働く前は思いもよらなかったことである。現実感が乏しくなるのも無理はない、という気はした。

もちろん、いつまでもこのような関係は続けられず、いずれは誰かを選ぶことになるだろう。しかし、そのときが来るまではこの甘い快楽をひたすら味わい尽くしたい。

奏太も、いつしかそう考えるようになって、彼女たちとの４Ｐを受け入れるようになっていた。

「くうっ。僕、そろそろ……」

久々のトリプルフェラに、あっさり限界を迎えそうになった奏太は、そう口走っていた。

「んはあっ。出して、奏太くん！　レロロ……」

「ふはっ、奏太ぁ、いっぱい顔にかけてぇ！　ンロ、ンロ……」

「ああんっ、奏太さん、あたしもぉ！　チロロ……」

三人の奉仕にもいっそう熱が籠もり、艶めかしい三枚の舌の動きが射精を促す。

奏太はその心地よさに酔いしれ、湧き上がる欲望に身を任せるのだった。

（了）

※本作品はフィクションです。作品内に登場する
団体、人物、地域等は実在のものとは関係ありません。

とろみつ町《まち》中《ちゅう》華《か》
〈書き下ろし長編官能小説〉
2023年3月13日初版第一刷発行

著者 ……………………………………………河里一伸
デザイン ………………………………………小林厚二
発行人 …………………………………………後藤明信
発行所 ……………………………………株式会社竹書房
〒102-0075 東京都千代田区三番町8-1
三番町東急ビル6階
email: info@takeshobo.co.jp
竹書房ホームページ http://www.takeshobo.co.jp
印刷所……………………………中央精版印刷株式会社

定価はカバーに表示してあります。
落丁・乱丁があった場合は、furyo@takeshobo.co.jp までメールにてお問い合わせください。